散歩するネコ

れんげ荘物語

1

突然、倒れた母は幸い意識は戻ったものの、救急病院のＩＣＵから出られず、病院側からもできれば身内も面会は遠慮して欲しいといわれるような状態で、入院は長引きそうだった。その後、面会謝絶は解除されたのだが、付き添っていた兄からの電話によると、母はいちばんそばにいた義姉《あね》のカナコも認識できず、看護師さんに、

「どなたかわかりますか」

とたずねられたら、すでに亡くなっている自分の妹の名前をいった。兄夫婦は看護師さんから、

「当初はそういうこともありますから」

と聞いていたのだが、義姉は、

「ちゃんと私たちが誰かわかる日がくるのかしら」

と心配していた。孫であるケイとレイナがやってきて、母に、

「誰かわかる？」

と聞くと、

「わからない」

と答える。それに対して二人は、

「目の前にいておれたちが見えているのに、誰かわからないんだね」

とショックを受けていたらしい。

キョウコは兄に、

「私は何もしていないし、カナコさんの負担も大きくなるから、病院に通ったほうがいいんじゃないかしら」

といってみた。すると兄はしばらく考えた後、

「いや、うーん、家のことは自分がフォローするので、キョウコに頼むときはまた連絡するよ」

という。どこかいい難《にく》そうにしているのがわかったキョウコが、少し間をあけていると、

「今はカナコにまかせておいたほうがいいと思う。あの人は気難しいけれど、カナコとはうまくいっていたし……」

と小さな声でいった。

「そうね、私とお母さんは犬猿の仲になっちゃったしね」

キョウコはそれほどでもなかったのだが、母のほうが世間的に有名な会社をやめた娘を

嫌い、家の恥、つまり自分の恥だと思うようになっていった。そして二人の関係を修復しようとキョウコ自身も思わなかった。

「ともかく何か頼みたいことがあったら、連絡するよ。それまでちょっと待ってて」

兄の言葉にキョウコはわかったといって電話を切った。

ともかく兄からの連絡待ちと思いつつ、キョウコはふだんの生活に戻った。今まではそんなことなどなかったのに、買い物に行って母と年齢が近い女性を見ると、あの人はあんなに元気で歩いているのに、どうして母は倒れてしまったのだろう、などと考えた。まだ彼女に対して愛があるのかと自問したが、自分にはあるとは思えなかった。母も自分のせいでプライドが傷ついたかもしれないが、キョウコもこれまで母から投げつけられた言葉によって、同じ思いをさせられた。きっと母にはそんな自分の気持ちなど、わからないだろうとため息をついた。

いつものように具だくさんの味噌汁《みそしる》と御飯の朝食を食べ、チンアナゴかおかめとひょっとこのゴルフのマグカップか迷って、今日はおかめとひょっとこのほうにして、紅茶を飲んだ。物を限りなく減らして、ひとつのカップで何でも飲むのもいいけれど、どれで飲もうかと迷う楽しみもあるなとキョウコは思った。その後は手洗いで洗濯をする。だんだん気温も下がってきたので、辛《つら》くなってきた。ラジオを聴きながら洗濯をしていると、部屋の前の通路から女性二人の声が聞こえてきた。一人はコナツさんで、もう一人はこのアパートのお掃除をしてくれている、不動産屋さんの娘さんだった。キョウコにここを紹介してくれた不動産屋さんが高齢になったため、娘さんが仕事を引き継いだと聞いていた。

「どうしようかな。でも仕方ないですよね」

「もともとここは違うから」

そんなやりとりが聞こえ、

「それじゃ、連絡してください」

と娘さんの声がした後、通路に人の気配はなくなった。

「もともとここは違うから」って、何なんだろうとキョウコが洗濯物を抱えて物干し場に行くと、コナツさんがアパートの縦樋《たてどい》にロープを結び、もう一方を庭木に結んでいた。

「こんにちは」

声をかけると彼女は、

「あ、こんちは」

と頭を下げた。

「どうしたの？　何かするの」

「洗濯物を干そうと思って。これまでコインランドリーに行ってたんですけど、お金がかかるから……」

彼女は恥ずかしそうに笑った。

「外に干すのも気持ちがいいからね。大丈夫？　うまくいくかしら」

　おばちゃんのキョウコよりもコナツさんのほうが握力も腕力もあるのは当然で、試しにロープを引っ張ってみたら、しっかりと張られていた。しかしロープは拾ってきたもので、コナツさんはとりあえず拭《ふ》いたとはいっていたが、どうみてもそこに洗濯物を干したら汚れそうだった。彼女の足元を見ると、洗濯物が入った厚手ビニールの大袋から、針金ハンガーがのぞいていた。

「ハンガーがあるんだったら大丈夫ね。あと飛ばされないように、ロープにところどころゆるめに結び目を作って、そこにハンガーを差し込むようにするといいわよ」

　そういったとたん、コナツさんは目をぱっちりと見開いて、

「すごーい、さすが」

　といった。これを教えてくれたのは、会社に勤めていたとき、アルバイトに来ていた男子学生だった。下宿の窓の外に洗濯物を干していて、強風の後に帰宅したら、トランクスもTシャツも全部どこかに飛んでいってしまい、下を見たら近所の平屋の屋根の上に乗っかっていたのを見て、この知恵を編み出したのだといっていた。彼はキョウコが勤めていた会社に正式に入社できるのを願っていたが、その合否を知らないまま、キョウコは会社をやめてしまったのだった。

「やってみたらどうかしら。今日は風がないから必要ないかもしれないけれど」

「ありがとうございます」

コナツさんは頭を下げた。そして、

「さっき、不動産屋さんと話したんですけど……」

と切り出した。

不動産屋さんは、「もともとここは居住用に作られている場所ではないので、すぐにとはいわないけれど、どこか別の場所に移ってもらえないだろうか。もしよければ手持ちの物件で代替できる部屋を探すけれども、今のような金額で貸せるところはない」といったという。コナツさんの住んでいる部屋というか場所は、もともと倉庫として作られたもので、一年のうちのほとんどを、アジアを中心に旅行していた彼女が、ここにいる時間は短いからと、先代の不動産屋のおじさんに頼み込んで、貸してもらったという話をキョウコは聞いていた。

「歳《とし》を取ったんでしょうかね。若い頃《ころ》は平気だったのに、最近は咳《せき》も出るし腰も痛くて」

コナツさんは顔をしかめた。

「それはそうよ。私がここに引っ越してきたとき、あなた、板みたいな物の上に寝ていたもの」

「今でもそうですよ。昔は一年に何日かしか日本にいなかったからよかったんですけれど、さすがにずっとあそこにいるのは、きついかなって」

「確かにねえ。住むように作られているわけじゃないからねえ」

「バイトもやめちゃったし。不動産屋さんに聞いたら、家賃って、今、払っている金額の四倍、五倍はするんですね」

「そうねえ、事故物件だったら格安のところもあるかもしれないけれど」

「うーん、最後はそういうところでもいいかなあ」

コナツさんのあきらめたような様子に、キョウコはそれ以上はいえなかった。会社をやめた立場としては、きちんと勤めなさいとは胸を張っていえない。ただ三十歳を過ぎているのだし、自分が生活する分は自分で何とかしないと、いつまでもお母さんの再婚相手の善良な義理のお父さんから、お金をもらい続けるわけにもいかないだろう。

「それか実家に戻るかですよねえ」

コナツさんは自分の足元に目を落とした。

「働く気がないんだったら、それも一つの考え方だと思うわ。お兄さんやお姉さんが家を出ているのだから、娘が同居してくれれば、ご両親も安心なんじゃないかしら。ただ老後の問題も出てくるから、その覚悟も含めて考えないと……」

子供としては両親の介護問題は無視できない。今まで勝手気ままに生きてきたような彼女に、そういった生活ができるのかなと思いつつ、キョウコは単純に年上の知り合いとして話をした。

コナツさんはしばらく考えていた。

「他人のところで働くよりは、親の面倒のほうが見られると思う」

キョウコはその言葉にうなずきながら、

「よく考えたら？　説教じみていやだけど、本当にあっという間に歳って取っちゃうのよ」

といった。

「わかりました」

コナツさんは小さく頭を下げた。

「また、御飯を食べに行きましょうね」

「はい、よろしくお願いします」

最後に彼女はにっこりと笑った。

それから一週間ほどして、約束どおりキョウコは、駅前の中華料理店で晩御飯を食べようと、コナツさんを誘った。自分がこうしていることも、彼女が甘えてしまう一因になるのかもしれないと少し反省したが、安いからと毎日カップラーメンや菓子パンを食べているらしい彼女を、ほったらかしにすることはできなかった。約束した店は、以前は商店街のなかでも営業しているのかいないのかわからない、すすけた店舗だったのに、経営者が変わってからガラス張りのきれいな二階建ての店に生まれ変わった。買い物の行き帰りにのぞいてみると、いつも店内は賑《にぎ》わっていて、スーパーマーケットで小耳に挟んだ奥さんたちの会話によると、値段が安くておいしいという話だった。

　念のために予約をして行くと、二階の隅の四人掛けの席が用意されていた。オーダーはコナツさんにまかせ、キョウコは店内に飾られている、赤い紙の切り絵やピンクのほっぺたの人形を眺めていた。

「すみません、最後は御飯に麻婆豆腐《マーボーどうふ》にしてしまいました」

「いいわよ。食べたい物を食べて」

　コナツさんはふうと小さく息を吐いて、コップの中の水を飲んだ。そして軽くむせた。彼女は若い頃から海外旅行ばかりしていた。外国人の彼氏をアパートのシャワー室に連れ込んでいたという話も聞いたことがあるから、外国人との結婚を望んでいたのかもしれない。このままで何とかなると思っていたのかもしれない。しかし年月は残酷だった。

　彼女は運ばれてきた料理を、見事なくらいにぱくぱくと平らげた。キョウコの胃腸にとってはは油分が限界ぎりぎりだったが、歳を重ねたとはいえ、三十代の彼女にはどうってことはなかったらしい。御飯と麻婆豆腐を食べ終わっても、まだ食べたそうだったので、焼きそばを追加で注文してあげた。最後にデザートの杏仁豆腐《あんにんどうふ》を食べて満足そうだった。

「ごちそうさまでした」

　彼女は頭を下げた。そしてゆっくり顔を上げて、

「この歳になって、ご馳走《ちそう》になってばかりいるなんて、しょうがないですね」

とつぶやいた。

「そうねえ、無職の私がいえることでもないけど、これからずっとこのままは、きついと思うわ」

コナツさんは黙ってうなずいた。

「あのアパートも出なくちゃならないし。今の生活も限界なのかもしれないですね。不動産屋さんからいわれたのも、いいきっかけだったと思います」

「そうね、タイミングってあるからね」

その後、喫茶店でコーヒーを飲み、コナツさんは勤めるという状態に対して、適応能力がないし、我慢して勤めるのも辛いなどといった。キョウコは一〇〇パーセント楽しく勤められる会社はないし、みんな何かしら我慢している。しかし本当に勤めが苦痛なのであれば、他に生きる道を考えなくてはならないねと話した。

「外国だと、何やっているのかわからないのに、楽しく生きている人っているんですよね。どうして日本はそうじゃないんでしょうかね」

「うーん、働いて大きな利益を上げることが、いちばんいいことになってしまったからじゃないかしら」

「そうですよね。そうじゃない人はどうしたらいいのかな」

キョウコはふと、高齢者が多い集落で、農業の手伝いや肉体労働をして、生活をしている若い人の話を思い出した。家も格安で貸してくれて、食べ物は余った野菜を無料で提供してもらえる。

「そういうのもいいんじゃないかしら」

うなずきながらコナツさんは聞いていたが、

「でもすぐ近くにコンビニやクラブがないところって、あたし、だめなんです」

キョウコは彼女に気付かれないようにため息をつき、これは自分が何をいってもだめだなとあきらめた。ただ彼女がれんげ荘にいる限りは、約束した十日に一回の晩御飯は続けてあげようと思った。

意識が戻った母は、ＩＣＵから出て、大部屋に入った。そしてまだ家族が誰かが認識できず、とんちんかんな状態らしい。

「もう前のようには動けないだろうな」

兄はつぶやいた。母も高齢だし体に不具合が起きるのは仕方がないけれど、突然だったので、キョウコのなかではなかなか気持ちの整理がつかなかった。元気だったときですら、母にとって自分はいない人間になっていたのに、そんな状態になったら、もっと自分は認識されない人になるだろう。でもそちらのほうがずっと気が楽だった。

コナツさんは毎日、部屋の整理をしていた。共同トイレの前に荷物を置くものだから、

住人は困った。クマガイさんは、

「こんなこともわからないのかしらねえ」

といい、チユキさんは、あらあらといいながら、せっせと荷物を動かして脇に寄せていた。コナツさん当人は、

「あー、あらー」

と深く気にしているふうでもない。それから資源ゴミの日には、集積所に山のようなゴミがあふれるようになった。古い旅行パンフレット、どこかのみやげ物のカゴ、絞り染めの日に焼けた四角い布、茶色く焼けたたくさんの紙、丸められたウールのマットなど、コナツさんが出したと推測できるものばかりだった。

前の会食から十日経《た》ったので、キョウコが彼女を誘うと、

「ありがとうございます。今日はカツ丼を食べたいです」

という。それならばと駅前にある定食屋に入った。カツ丼に味噌汁とたくあん漬けがついているシンプルなものだ。

「カツ丼なんて、何十年ぶりかしら。前にいつ食べたか記憶がないわ」

キョウコが話すとコナツさんは、

「お金があるときは、スーパーで売ってるから、買ってましたよ」

という。たしかに惣菜《そうざい》売り場の横にカツ弁当は並んでいたが、キョウコは買ったことが

なかった。コナツさんはカツ丼を食べながら、

「あのう、一週間後にアパートを出ることにしました」

といった。

「あっ、そうなの。部屋を片づけていたものね」

「ええ、ただ寝ているだけだったのに、出してみたら奥からいろんなものが出て来て、こんなにあったのかって、びっくりしちゃいました。大きな物を処分するのに、粗大ゴミの係の人に連絡しなくちゃいけなかったり、シールを貼《は》らなくちゃならなかったり面倒くさいですね」

「本当ね、物を買うのは簡単だけど、捨てるのは大変ね」

これは自分も肝に銘じていることだった。今は購入できる収入もないし、欲しいものもないので、物が大量に増えるということはないが、洋服や靴を見る端から買っていた、かつての自分を思い出すと恐ろしくなる。それが影響して、チンアナゴとおかめ&ひょっとこのマグカップの、どちらを使おうかと迷うのが楽しい反面、見るたびにぎょっとすることも正直いってまだある。

「それでどうするの」

「実家に帰ります」

「ああ、それはよかったわね。ご両親も安心でしょう」

「電話をしたらものすごく喜んでました。こんなに喜ぶのかっていうくらい。特に父が、あの義理の人ですけど、はしゃいじゃって、ちょっと恥ずかしくなるくらいに」

「いいじゃない、そんなに喜んでくださって。お義父《とう》さん、本当にコナツさんのことがかわいいのね」

「さあ、どうですかね」

コナツさんは首を傾《かし》げ、ふふふと笑った。落ち着く場所が決まって、どことなくほっとしているようにも見えた。

それからコナツさんは、スーパーマーケットから段ボール箱を分けてもらい、荷物を箱詰めしたり、集積所に棚や衣装ケースなどを出して、粗大ゴミ用のシールを貼っていた。宅配業者が廊下に積んである荷物を五個、運んでいったのをキョウコは見ていた。

一緒に食事をした一週間後、コナツさんはバティックの大きなショルダーバッグを肩からかけ、近所に出かけるような格好で挨拶《あいさつ》に来た。

「荷物はそれだけ？」

「お義父さんが荷物は着払いで全部こっちに送れっていうので、全部送りました」

という。

「そう、それじゃ楽ね」

彼女はうなずいて、

「これまでいろいろとお世話になりました。クマガイさんとチユキさんはいないようなので、よろしくお伝えください」

と頭を下げた。

「わかりました。ちゃんとお伝えしますね。コナツさんも無理をしないで元気でね」

「はあい、ありがとうございます」

いつものようにコナツさんは外股《そとまた》で歩いて、アパートを出ていった。とてもあっさりした別れだった。

入れ違いに、不動産屋さんが来て、ゴム手袋をして彼女が出ていった倉庫の中を確認した。

「こんなものが残ってたわ」

ねずみにかじられ、放尿された痕跡《こんせき》がある、ソンブレロを二個持って出てきた。

「よくこんなところに住めたわねえ。不衛生だったでしょうに。体、大丈夫だったのかしら。お父さんも頼まれたからっていってたけど、どうして貸したのかなあ。何を考えていたんだか。ねえ」

不動産屋さんはキョウコに同意を求め、二人で顔を見合わせた。そしてその場所には、アパートを掃除、修繕するのに必要なもの一式が収納され、本来の目的に使われるようになった。

クマガイさん、チユキさんにそれぞれコナツさんが実家に帰ったと話をすると、二人とも名残惜しそうにしていた。

「あのお嬢さんには、私が倒れたときに不動産屋さんを呼んできてもらったりして、お世話になったわね。やっぱりある程度の年齢になったら、自分は今後どうするのかをちゃんと決めないとね」

クマガイさんはいった。

「若い頃は自分の体がどうなるかなんて、想像もできないのよ。毎日、どれだけ若い頃に比べて疲れるかとか、その疲れが取れないかなんて。いつまでも若い頃のままでいられないし。だからこそ面白いんだって思っているけれど」

彼女はいつもの化粧っ気のない笑顔で笑った。チユキさんは、

「そうですか。あまり話したことはなかったけど、何となく気になる人だったので。そうですか実家に戻られたのですか」

としみじみしていた。

しばらくしてネパール製らしき、茶色い素朴な紙の手紙が届いた。差出人を見たらコナツさんだった。宛先が「ササガワさん&チユキさん&クマガイさん」になっているのが彼女らしかった。手紙には無事に実家に戻ったこと、荷物も届いたこと、荷物を整理しているときに、アパートのトイレの前に置いてしまってごめんなさいということがまず書いて

あった。

「ああ、なるほど」

手紙を読み進むと、義理の父がとても喜び、一日中にこにこしているという。それを見た母も呆《あき》れはしながらも、これを食べろ、あれを食べろと、好きなものを作ってくれたり、買ってきてくれたりするそうだ。

「そのおかげで、すでに三キロ太りました‼」

ぐいぐいと太く塗りつぶした文字で書いてあって、彼女の衝撃の強さが伝わった。それでも毎日カップ麺《めん》ばかりの食事よりははるかにいいはずだ。きっと彼女の体調もよくなることだろう。

手紙をあとの二人に見せると、

「よかったわねえ」

と三人でうなずいた。

「収まるところに収まるのね」

クマガイさんは笑った。

「お義父さんもいい人ですねえ」

チユキさんはちょっと涙ぐんでいる。

「そんないい人でも、若い頃に一緒に住めるかっていうと、そうじゃないのよね。不思議なものよね」

クマガイさんの言葉にうなずきながら、三人は解散した。

キョウコの母は、兄や義姉の顔を見て、名前がいえるようになったが、孫に関してはまだ認識できていなかった。義姉が病院に顔を出すと、昨日は母と妹と花見に行ってきたなどという。

「ああ、そうですか。どちらへ」

義姉がたずねると、金沢に行っておいしいお弁当を食べて帰ってきたと真顔でいう。また別の日は、父と従姉妹《いとこ》がバスで病院に面会に来てくれたともいう。もちろんそれは母の脳内の話であり、現実にあったわけではない。母にとっては夢で見た話か、脳内で創作されたかはわからないが、とにかくそれらと現実がごっちゃになっているのだった。看護師さんは、よくあることといっていたが、家族にとっては、大丈夫だろうかと不安になる出来事ばかりだった。

ずっと身近にいた兄夫婦は心を痛め、キョウコも心配はしているけれど、自分と母の関係を考えると、このまま自分が誰だかわからない存在になっているほうが、うまくいくような気がした。他人と認識された私がそばに寄っていったとしても、母は前のように無視したりはしないだろう。彼女の頭の中で認識された誰かになってしまうほうが、お互いにとって幸せだった。

結局、母は脳内出血の後遺症による、認知障害が残った。兄夫婦は認識しているが、やはり孫二人については、正しい名前をいったかと思うと、まったく知らないといったり、そのときによってまちまちだった。最初はショックを受けていたケイとレイナも、その状態に慣れてしまって、

「今日はおれは従兄《いとこ》のタケちゃんだった」「私は友だちのエイコちゃんよ」

といいながら笑っていた。それを兄夫婦は困ったのと笑うのとがごっちゃになった表情で眺めていた。

キョウコは母が救急病院を退院し、リハビリ病院に入院してから、はじめて見舞いに行った。そこでは退院後、以前に近い社会生活に適応できるように、毎日リハビリの予定が組まれている。その表と、多くの患者が曜日がわかりにくくなっているため、「今日は○月○日　○曜日です」と書いてある紙が壁に貼ってあった。義姉のあとについて病室に入り、ベッドに座っている母と目が合うと、母は、

「あら、こんにちは」

とキョウコに向かって丁寧に頭を下げた。

「こんにちは、お加減はいかがですか」

キョウコは娘ではない誰かを演じた。明らかに娘と認識していないのがわかった。

「おかげさまでね、いったい何があったかよくわからないんですけどね。どういうわけか

「ここにいるんですよ」

母は笑った。キョウコが久しぶりに見た母の笑顔だった。

「お疲れになるといけないので。今日はこれで失礼します」

キョウコが頭を下げて部屋を出ようとすると、母は、

「まあまあ、何のおかまいもしませんで、ありがとうございました」

と再び丁寧に頭を下げた。廊下で待っていると、しばらくして義姉がやってきた。

「私のこと、全然わかっていなかったですよね」

キョウコが義姉にたずねると、彼女は、

「そうみたいね、あの方、どなたかわかるって聞いたら、お花の先生のところの娘さんっていってたわ」

「えー、そうなんですか。へええ」

キョウコも二度ほどその女性に会ったことがあるが、顔つきから体形から何から何まで似ていない人だった。その娘さんを知っている義姉も、

「どうしてあの方なのかしらねえ」

と首を傾げている。二人は体が糸のように細くて背が高く、染めた髪の毛をタニシのように結い上げていた姿を思い出して、廊下の隅で噴き出してしまった。

「目はちゃんと私のことが見えているはずなのに、どうしてあの方に見えてしまうのかし

ら」

「不思議よねえ、脳の不思議としかいいようがないわ」

キョウコと義姉は不思議を連発し、キョウコは病室の母の衣類の整理をしたら帰るという義姉と別れて帰ってきた。

「そうか、私はお花の先生の娘さんなのね」

そういわれても悲しくはなかった。それよりもちょっと楽しかった。

それから二週間後、再び面会に行くと、義姉と一緒にいた母の顔がこわばった。もしかして思い出したのかとキョウコがぎょっとしていると、

「どちら様ですか」

と聞かれた。知らない人間が近づいてきたので驚いたらしい。キョウコが、

「ササガワさんのご近所に住んでいる者です。どうなさっているかと思って、うかがいました」

というと、義姉の顔を見た。母は自分の名前はすでに認識していたし、義姉がにっこり笑ったので安心したのか、

「ああ、それはそれは」

と丁寧に頭を下げた。そしてふたことみこと会話をして病室を出た。そしてまた廊下で様子を聞くと、

ってた」

「全然、わかってなかったみたい。あの方、知ってますかって聞いたら、知らないっていってた」

「へえ、それでもちゃんと挨拶するのね」

「お義母さん、外面はいいから」

「そうそう、そうだったわね」

また廊下の隅で二人で笑った。

キョウコのところには、返事を書く前に、コナツさんからネパールの紙の手紙、第二弾が届いた。今度の宛先は「ササガワさん」のみだった。両親の、末っ子と一緒に住めるようになった喜びは今はほとんどみうけられず、このごろは昼過ぎまで寝ていると叱《しか》られるようになったらしい。

「引っ越してきた頃は、疲れているんだろうから、寝させてやろうといっていたのに、最近は、いつまで寝てるんだと叩《たた》き起こされます。一緒に御飯を食べないと、後始末が面倒くさいと母が怒ります。義父《ちち》は呆れて見ていますが、庭の掃除を手伝えといってきます。これからこき使われそうです」

そのために帰ったんだから、仕方がないよねと笑いながらつぶやき、キョウコは返事を書くために、引き出しからレターセットを取り出した。

2

窓から見える空に「小春日和」と書いてあるような過ごしやすい日もあるけれど、朝晩の冷え込みがきつくなってきた。コナツさんとの文通は何度か続き、キョウコが返事を書くと、すぐにまた彼女から手紙が来る。そこには毎日、両親の手伝いをさせられていること、暇でいつも目新しいものはないかと探していた近所の人から質問攻めに遭っていること、気分転換になるものが何もないことが、綿々と綴《つづ》られていた。

「次々に用事をいいつけられて、すぐに一日が過ぎてしまいます。このまま人生を終えるのかと思ったら、怖くなりました」

キョウコはこのくだりを読んで、

「このまま人生を終えるって……」

と一瞬、笑ってしまったが、彼女にとっては大問題なのだろうと考え直した。ある程度の生活は保障されるけれど、自由はなくなる。あれほど出歩くのが好きだった彼女が、興味が湧《わ》くようなものが何もない場所で、ずっと暮らすのかと思ったら、気分も暗くなるだろう。しかし自活しない限り、自由な生活をするのは難しい。

クマガイさんとチユキさんにも、コナツさんの現状を話すと、

「仕方ないよね、何かを選択しないと。全部は手に入らないんだから」

とクマガイさんはうなずき、チユキさんは、

「どこかにお勤めしていれば、今住んでいるご家族が出るタイミングで、私の持っているマンションをお貸しすることもできるんですけど……」

といってくれた。キョウコが、ああそれもあるなと思っていると、

「それはだめよ」

とクマガイさんがぴしゃりといった。

「彼女のためにはならないわ。中に入ったことはないけれど、外から見てもあのマンションは立派な建物だもの。分不相応のところに住まわせてはだめ。その人の感覚がおかしくなってしまうから。まともな人だったら、そういう申し出も断ると思うけどね」

チユキさんはちょっと顔を赤らめた。

「そうですね。私が甘かったです」

「そんなことはないのよ。あなたは優しい人だから、そう思ってくださったんでしょう。でもあの人にはそうしないほうがいいような気がするの」

クマガイさんはじっとチユキさんの顔を見つめた。

「わかりました。そうですね。いろいろとありがとうございました」

チユキさんは深々とお辞儀をした。

「いえいえ、おせっかいのおばちゃんでごめんね。気を悪くしたらごめんなさい」

「そんなことないです。私、祖父には厳しく育てられたのですが、両親からはきちんと躾《しつ》けられていないと思っているので、これからもいろいろと教えてください」

チユキさんはにっこり笑い、

「これからバイトです。デッサンモデルです。あの、着衣ですから」

といい残してアパートを出ていった。

二人で彼女を見送りながら、クマガイさんは、

「本当にあの人はちゃんとしているね」

と褒めた。

「コナツさんもスタートが遅いだけで、いろいろと考えているんじゃないのかな。歳をとると何でも若い頃のようにいかなくなるし。環境も変わっていくものね」

クマガイさんの言葉にキョウコはうなずきながら、

「実はコナツさんの心配をする前に、自分の心配をしろなんですよね。私も将来、どうなるかなんてわからないのに」

と笑った。

「あら、私なんかあなたよりも年上なんだから、もっと切羽詰まっているわよ。でもね、この歳になると、もうどうでもよくなっちゃって。他人に迷惑をかけなければ、自分の気持ちに嘘《うそ》をつかないで生きようと思ってるけどね。さて、どうなりますことやら」

クマガイさんは、それじゃといって部屋に入っていった。キョウコも自分の部屋に入って、掃除をはじめたがいつものようにあっという間に終わってしまった。

小さなひと仕事を終えて紅茶を飲みながら窓の外の冷えきったような青い空を見ていると、鳥が鳴いているのが聞こえた。何種類かの鳥がいるようだが、姿は見えないしキョウコの耳にはどれがどの鳥の鳴き声なのか判別できない。図書館に行けば、鳥の鳴き声を収録したCDがあるかもしれない。と思いながら、よくよく考えてみたら、うちにはCD再生の機能がある家電がなかったと気がついた。それでも何か知る手立てになる本があるかもしれない。あとで行ってみようと考えていると、鳥が一斉に飛び立った気配があった。どうしたのかなと窓に近づくと、目の前に突然、「ぶちお」が現れた。

「あっ、ぶっちゃん！　どうしたの？　元気だった？」

キョウコが急いで窓を全開にすると、ぶちおは、当たり前のように塀から窓に飛び移り、部屋に入ってきた。

「ぶっちゃーん、わあ、どうしよう」

キョウコはあわてて茶碗《ちゃわん》に水をいれて、目の前に置くと、ぶっちゃんは、ふんふんとにおいを嗅《か》いだものの、「これはいらない」とそっぽを向き、畳の上に「はあ、どっこいしょ」といった感じで寝そべった。

「ぶっちゃん、ずっとおうちにいたのね。もう会えないかと思ったよ」

そういいながら体を撫《な》でてやると、ぶちおは、ぐふんぐふんと喉《のど》を鳴らして目をつぶったり、キョウコの手を舐《な》めたりした。

「どうしておうちを出てきたの？　おうちの人は許してくれたのかな？　寒くなったけれど、晴れていると外も気持ちがいいよね」

などと矢継ぎ早に話しかけているのを、ぶちおは目を半開きにして聞いていた。

「ゆっくり寝ていってね」

そういったのと同時に、ぶちおはこてっと寝てしまった。

キョウコはだらけた生活に活を入れられたような気がして、

「ぶっちゃん、来た～、ふふふふふ～ん」

と彼の睡眠を邪魔しない程度の鼻歌を歌いながら、台所のシンクを掃除した。彼が来なくなってから、処分しようと思っていたネコ缶が、まだ二缶残っていた。しかしぶっちゃんは、実はぶっちゃんではなく、首輪に名札がついているように「アンディ」なのだ。だけど、

「ぶっちゃん」

と呼んでも、じっとキョウコの目を見て、

「おう」

という表情をするので、本人としてはどっちでもいいのではないかと、キョウコは自分の都合のいいように考えた。

「ぶっちゃん、ぶっちゃん、らららら」

ほんとうに自分は馬鹿だと思いつつ、うれしい鼻歌は止まらなかった。ぶっちゃんは久しぶりに部屋に来たのに、緊張などみじんも感じさせない姿で、がーっと寝ていた。そのうち「んごー」といびきをかきはじめ、熟睡している証拠の、ぴくぴく運動がはじまった。

「んぐ、んにゃにゃ、ぐー」

たまに寝言もいう。どんな夢を見ているのかなと想像しながら、キョウコは寝ているぶっちゃんの隣に座り、図書館で借りた本を読みはじめた。ページはめくるものの、つい隣に寝ているぶっちゃんに関心が向いてしまい、本の内容は全然、頭に入ってこない。つい体に触りたくなり、人差し指で背中を撫でてみた。

「くう」

ぶっちゃんが寝たまま小さな声で鳴いた。キョウコが身悶《みもだ》えしながら、背中を撫で続けると、今度は目をつぶったまま仰向けのへそ天になり、すべてをぱかーんと広げてネコの開き状態になった。

「よしよし、いい子いい子」

お腹《なか》を撫でてやると、後ろ右足がぴくっぴくっと動いた。そして、

「ふごー、ふがー」

と寝息をたてながら爆睡状態に入ってしまった。その姿を携帯電話で撮影し、その画像を確認すると愛らしさが何倍にもなった。そしてキョウコは本を読むのをやめて、寝ているぶっちゃんをじっと眺めていた。どんなに見続けても飽きないのが不思議だった。

夕方になるとぶっちゃんは、

「んっ」

という表情で辺りを見回した後、がーっと大きなあくびをしてキョウコを見、

「ふーん」

と鼻の穴から息を吐いた。

「目が覚めた？　お水飲む？」

ネコ缶をあげると飼い主に申し訳ないので、水をすすめると、今度はすごい勢いで飲みはじめた。そして飲み終わると、小さなげっぷをして、キョウコの顔を見た。

「来てくれてありがとう。とってもうれしかったわ」

体を撫でてやると、んーと伸びをして、またあくびをした。そしてキョウコの手をぺろぺろと舐め、頭を何度もこすりつけてきた。

「よしよし、いい子ね」

ぶっちゃんを抱きかかえるようにして、両手で体中を撫で回すと、

「んが、んが、ふがー」

と喉を鳴らしてうれしそうに目をつぶる。このままずっといてくれればいいと思ったが、窓を開けるとぶっちゃんはひょいと窓枠に跳び乗り、

「またな」

といっているかのようにキョウコのほうを見て、塀に飛び移った。

「また来てね」

キョウコが窓から身を乗り出して声をかけると、ぶっちゃんは振り向きもせずに、尻尾《しっぽ》を左右に揺らして帰っていってしまった。

ぶっちゃんが帰ってからキョウコは放心状態だった。ぶっちゃんはどうしてうちに来てくれたのか。もしかしたら勝手に家を出てきたのではないか。飼い主は心配して探しているのではないか。さまざまな思いが交錯したけれど、正直、久しぶりに遊びに来てくれたのは、とてもうれしかった。できれば御飯もあげたかったのだけれど、それは自粛するしかなかった。

放心状態のまま、図書館に行こうと部屋の戸を開けると、ほとんど同時に外出するクマガイさんとばったり顔を合わせた。

「彼氏、来てたでしょう」

彼女は笑った。

「えっ、わかりました？」

「わかったわよ。ものすごく大きな声で『あっ、ぶっちゃん』って叫んでたもの」

キョウコはご近所中に「ぶっちゃん」の声が聞こえていたらどうしようと、恥ずかしくなって汗が出てきた。

「久しぶりだったので、つい……」

「待ってたんだから仕方がないわよね。でもまあよかった、再会できて」

二人は一緒にアパートを出た。

「でも飼い主さんがいるから、申し訳ないような気がするんですけどね」

「御飯をあげすぎるのは問題だけど、ある程度は覚悟しているんじゃないのかな。私が飼い主だったら、他の人にかわいがってもらえるのはうれしいけどね」

「今日は水だけお出しして、帰っていただきました」

キョウコはそこでクマガイさんと別れて図書館に向かった。クマガイさんはいつものように、姿勢よく駅のほうに歩いていった。

図書館の棚には、野鳥の声を収録したＣＤが何枚か置いてあった。それをじっと見ながら、この場で試聴はできるけれども、鳴き声を探すためにずっと聞き続けるのはためらわれたので、本の棚に移動した。すると鳥の写真と鳴き声を文字で表した本があった。そのうちレアな野鳥ではなく、近所で耳にしていそうな鳥が集録されている本を一冊借りようとカウンターに持っていった。

「一冊、借りていらっしゃいますね」

職員に確認を受けた。本来なら今日読んで返そうと思っていたのだが、ぶっちゃん登場で予定がずれこんだので、まだ読み終わっていない。まだ返却期限まで日にちがあるので、確認だけであとは何もいわれず、キョウコは図書館を出た。帰りにオーガニックの野菜を売っている店で、プチトマトがセールになっているので、それを一パック買って帰った。

家に帰って窓から外を見てみたが、ぶっちゃんの姿はなかった。ちょっとがっかりしつつ借りてきた本を開いて、鳴き声の主を捜した。キョウコでもカーカーはカラスで、ホーホケキョはウグイスで、チュンチュンジュクジュクは、スズメと知っている。その他の聞き覚えのある鳴き声は、チュルチュルがメジロ、キーキーがヒヨドリ、ギューイと低い声で鳴くのがオナガ。キョウコが聞いた、ツピーという鳴き声は、漢字では四十雀と書く、シジュウカラのようだった。名前のとおり、基本的には雀と同じような色分けだが、雀が茶色の濃淡が主なのに対して、シジュウカラは黒、青灰色、青色、白、薄茶色の色合いになっている。ゴジュウカラという鳥がいるのもはじめて知った。へええの連続だった。

「鳥もかわいいな」

思わずにっこりしながら本をめくっていると、部屋の戸が叩かれた。

このアパートに住んでよかったのは、あまりに外見が古くて朽ちているので、セールスの人が来ないことだった。そのかわりに新興宗教勧誘のチラシはたびたび入っていたが、東日本大震災以来、信者が勧誘に来るようにもなった。いったい誰だろうかと、戸の横の窓から様子をうかがうと、見覚えのある男性が直立不動で戸の前にいた。

（わ、タナカイチロウだ）

ずいぶん前、区役所に勤める彼から、働いていらっしゃらないのでしょうかという丁寧な電話がかかってきて、話を聞きたいといわれてキョウコはいやいや区役所に出向き、

「働く気はない！」

と宣言して帰ってきたのだった。しばらくなりをひそめていたと思ったら、突然、やってきた。しかし彼はキョウコが目一杯、不愉快丸出しの態度を取っているのに、いやな顔ひとつせず、淡々と話をしてきて、その点は立派なものだと密《ひそ》かに認めていた。

居留守を使うか迷ったが、

「はい」

と返事をして戸を開けた。

「ごぶさたしております。タナカイチロウです」

彼は最初に会ったときよりも、さすがにちょっとだけ老けていた。そして頭を深々と下

げた後、

「お元気そうで何よりです」

とにっこり笑った。キョウコはその無邪気な笑い方に騙《だま》されないぞと身構えながら、

「ありがとうございます。おかげさまで」

と答えた。キョウコは彼を室内には入れたくなかったし、また彼も入ろうとしないので、戸を開けたままでの会話になった。

「あのう、まだ働いていらっしゃらないんですよね」

いつもと同じ質問をした。

「そちらに働いた証明書か何かがまわっていないのだったら、そうですね」

自分でもひねくれた物のいい方をしたものだと思ったが、口から出てしまったものは仕方がない。

「でもお元気そうで何よりです」

私に対してはそうとしかいいようがないのだろうと、キョウコは笑いをぐっと堪《こら》えた。

「ところで今日は何の……」

「はい、ちょうど近所の高齢者の方からご相談を受けまして、その帰りにお寄りいたしました。確かご住所がこのあたりだと思いまして」

「ああ、それはご苦労さまでした」

「いえ、それが仕事ですから」

いったいこの人は私に何をいいにきたのだろう。自分の考えはこの前、きっちりと話したし、貯金を切り崩して生活しているといったのだから、それ以上、私に何をいうのだろうかと不思議になってきた。

「あのう、やはり働かれる気は……」

「ないですね。私も会社に勤めていたら、早期退社の対象になるような年齢になったんです。そんな人間に働けとおっしゃるのでしょうか。会社からはやめろといわれるような立場なのに」

「いえ、やめろとかそういわれることは、ササガワ様にはないと思いますが、このようなシステムといいますか、センターが新たにできていまして。今ひとつ周知に至らないような感じがありまして、ご案内のためにうかがいました」

タナカイチロウは提げていた黒鞄《くろかばん》から、三つ折りになった紙を取り出し、キョウコに渡した。そのリーフレットには「シニアの方のお力をお貸しください」と書いてあった。

彼の話によると、退職後の働きたいシニアのために、自分ができる分野について登録してもらい、その技術を必要としている人に派遣する業務をはじめたのだという。

「働きたいシニアの方には、些少《さしょう》ですがアルバイト代が入りますし、依頼された方も専門業者に頼むよりは安価なので、双方がうまくいくということなんです」

自信ありげに彼は胸を張った。キョウコがリーフレットに目を通すと、通訳、翻訳、大工仕事、塗装、掃除、片づけ、庭木の手入れ、家具の移動、料理、洋裁、和裁、着物着付けなどと書いてあった。

「それはいいですね。経験がおありの方々が技術を活《い》かせるのは。で、今日はどういう御用事でいらしたのでしょうか」

「いえ、あの、その、ササガワ様にもですね、何か特技といいますか、得意なものがおありでしたら、ご登録していただくのはどうかなと……」

利用する側ではなく、働くシニア側の勧誘だったのかとがっかりしながら、

「私、何もできないです」

と返事をした。昔、会社に勤めていたときは、はやりの高級レストランの予約、パーティのとびきり美人のコンパニオンの手配、ディスコのＶＩＰルームへの優先的なご案内など、あの人にまかせておけば間違いないなどといわれていたが、そんなもの今になっては何の役にも立たない。そして二度とやりたくない。

「そうですか、いや、そんなふうには」

タナカイチロウは悪い人ではないのはわかるのだが、丁寧にとんちんかんなところに腹が立つ。このごろ怒りっぽいのは、更年期のせいかと思いながらキョウコは、

「他人様《ひとさま》に提供できる技術は、何も持っていません」

と再度いった。

「はあ、そうですか」

彼はとても残念そうだった。彼にとってみればキョウコを働かせるための名案だったのに違いない。しかしもしも何か技術を持っていたとしても、そんなに毎日仕事があるわけでもなく、自治体が税金を取れるほど、キョウコの収入が増えるとは思えなかった。

そこへクマガイさんが帰ってきた。

「あら」

足を止めた彼女に向かって、タナカイチロウは、

「区役所からやってまいりました。今日はこんなご案内を」

とリーフレットを渡した。クマガイさんはリーフレットを開き、目を通した。

「それで私は、お仕事をお願いするのか、お願いされるのか、どちらの立場ということなのかしら」

きっぱりと聞かれた彼の耳が赤くなってきた。

「ええ、あの、あのどちらでもありがたいです」

「はあ、なるほど」

「お得意な分野はおありでしょうか」

「得意なもの？　うーん、そうねえ。ちょっと前までアルバイトで翻訳の仕事はしたこと

があるけど。本一冊じゃなくて、雑誌の一部分ね」

「おお、それはすばらしい」

大げさに喜ぶ彼をちらりと見ても、クマガイさんは表情を変えなかった。

「でも、翻訳ができたって、そんなの頼む人なんかほとんどいないでしょ。年に一回、あるかないかじゃないの」

「ああ、はい、えーと、そうでした」

「お願いすることといっても、こんなアパートだし、今のところは特にねえ」

クマガイさんが同意を求める表情でキョウコを見たので、

「そうなんですよね」

とうなずいた。

「あなた、私たちに働かせようと思って、これを持ってきたんでしょう」

クマガイさんがそういったとたん、彼ははっとした表情で、

「あの、いや、あの、さきほども申し上げたとおり、あの、どちらでもということで……」

「本当？　何とかこの人を働かせようっていう魂胆なんじゃないの」

「いえ、魂胆なんてそんな……。そんなことは絶対にないです」

彼はちらりとキョウコを見て、じりじりと後ずさりをし、

「それではよろしくお願いいたします。あの、困ったことがありましたら、何なりとおっしゃってください。失礼いたします」

と急に早口になって早足で去っていった。

クマガイさんは小さく頭を下げた後、

「しつこいわねえ。そんなにあなたを働かせたいのかしら。まあ私よりは若いから、働ける可能性は大きいけれど。登録して働きたい人もいれば、そうじゃない人もいるんだから、そういったところを考えて欲しいわね」

と不満そうだった。今日は突然やってきたとキョウコが話すと、

「電話や面談じゃ埒《らち》があかないと思ったのかしらね。きっと彼には働かせたいリストがあって、あなたはその中に載っているのね。まあ彼も仕事だから仕方がないけれど」

クマガイさんはため息をつきながら、リーフレットを手に持ち、

「それじゃ、また」

と部屋に入っていった。

キョウコがベッドによりかかりながら、タナカイチロウが持ってきたリーフレットをあらためて見ると、表紙には白髪の高齢の男女が、にっこり笑いながら、彼らよりも若い人たちと握手しているイラストが描かれている。中を開くと左側の面には高齢の男性が頭にタオルを巻いて、のこぎりを手ににっこり。荷物を運んでにっこり。高齢女性が赤ちゃん

を抱っこしてにっこり。フライパンを手ににっこり。着物姿の女性の帯を締めてにっこり、などなど、高齢者のにっこりとした姿であふれている。そして右側の面には彼らに拍手をしている、子供がいる若い夫婦や、男女の姿が描かれている。もちろんこちらもみんなにっこりである。

キョウコはそれを眺めながら、

「なるほどね」

とつぶやき、リーフレットを床の上に置いた。いったいどれくらいの人が登録して、どれくらいの人が依頼しているのかを聞けばよかったと、キョウコは後悔した。周知されていないといっていたが、ほとんど誰も知らないのではないか。

高齢になっても、世の中の誰かの役に立ちたいという気持ちは本当に立派だ。キョウコは母を思い浮かべた。彼女には他人の役に立つとか、そういった考えはみじんもなく、すべて自分中心でしか物事を考えられない。昔からそうだったので、生まれ持った性格なのだろう。そして先日、面会にいったときの姿を思い出した。まだキョウコが自分の娘だとは認識できず、他人行儀のまま。それがキョウコには心地よかった。もしも母の、自分の思い通りにならない娘の記憶が戻ったら、どんなに不愉快に感じるだろう。それによってキョウコが被る不愉快さも、容易に想像できた。キョウコとしては、このまま記憶が戻らず、「知り合いかもしれないけど、よくわからない人」として母に認識してもらうほうがありがたかった。

兄一家の間では、退院後の母をどうするかという話が進んでいると、兄から連絡があった。心優しい義姉は、積極的に自分からは話をせず、みんなの意見を聞いているらしい。ある時期から母が嫌いになった甥《おい》や、ずっと自分の母親の姿を見ている姪《めい》は、「施設に入ってもらえばいい」といった。義姉は「八年間一緒に住んでいたのに、病気になったとたんに、他人にお世話をまかせるようになるのは気が引ける」という。それを聞いた子供たちに「今までやってきたことで十分なのだし、これからまたお母さんが苦労するのを見たくない。専門の人たちにお願いして、お母さんはこれから自分の時間を持ったほうがいいのだ」といわれて義姉が泣いたといった話を聞いた。

「キョウコはどうしたらいいと思う」

兄に聞かれてキョウコはしばらく考えた。

「病気の前の状態に戻ったとしても、今のままだったとしても、お兄さんのところに戻るのはもう無理だと思う」

兄は黙っていたが、

「そうだよな。おれもそう思うんだ」

いちおう妻と母の間はうまくいっていたが、やはり母はあのような性格なので、妻には負担をかけていたはずだ。子供たちがいったように、これから受け入れてくれる施設を、ケースワーカーと探すといった。

「それがいいわ。ごめんね、私、本当に何もできなくて。私ができることって何かあるのかな」

兄は笑いながら、

「そりゃあ、何かあるでしょ。うちの奥さんの話し相手になってやってよ。彼女のほうから頼みたいことがあったら、連絡してくると思うから」

といって電話は切れた。

キョウコは何もできない自分をまた突きつけられ、何もできないのにタナカイチロウが持ってきたリーフレットを小馬鹿にしてしまった自分に対して、嫌悪感がつのってきた。何て思い上がっていたのだろう。コナツさんのときもそうだったが、母親がどうのこうのという前に、自分はいったいどうなのだ。たしかに会社に勤めているときは、人一倍仕事をしていたが、それは過去の話であって、今は何もしていない。人の邪魔はしていないかもしれないが、役にも立っていない。

宮沢賢治の、「雨ニモマケズ」の中の、「ホメラレモセズ、クニモサレズ」は理想だけれど、その中の人は、東に病気の子供がいたら看病し、西に疲れている母がいたら農作業を手伝い、南に死期が近い人がいたら慰めてやり、北に揉《も》め事《ごと》があれば仲裁に入る。きちんとやることはやっているのである。そういう行動をしても、他人様から褒められたりするのを望まないという謙虚な態度なのだ。しかし自分は他人様の何の役にも立っていないし、ただ今の自分の生活を守るために、放《ほう》っておいて欲しいと考えているのにすぎない。たしかにやっと手にいれた、やりたくない仕事をせずに、貯金を切り崩しての生活は、手放したくなかった。自分の物欲は会社員時代にすべて終わってしまったような気がする。洋服が欲しいなと思うと、お隣のクマガイさんがセンスのいい素敵な服をくれるので、それで満足してしまう。それで自分が何かお返しができているかというと、できていないのだ。

一度、クマガイさんにお詫《わ》びをしたら、

「そんなことといいのよ。私がいないときに、あなたが隣の部屋にいてくれるだけで、安心なんだから。それでいいのよ」

といってもらった。物品であれ労力であれ、他人様に何かを提供しなくても、ただそこにいればいいのだといわれ、何もしていないキョウコはとてもうれしかった。しかしそれでいいのか、と思う現実もあった。社会的に働こうとは思わないけれど、せめて周囲の人たちの役には立ちたい。自分が役に立ったことがあっただろうかと思い出すと、チユキさんの友だちが作った、とても気に入って愛用はしているが、よくいえばアーティスティックなマグカップを買ったこと、コナツさんに食事を食べさせてあげたことくらいしか思い浮かばない。自分で自分を認めないと辛いところもあるが、それでいいんだよと、とてもじゃないけどキョウコは自分にはいえなかった。

兄夫婦はリハビリ病院の看護担当の先生やケースワーカーと相談して、施設選びをはじめていた。地域の特養老人ホームは待機人数が多く、いちおう何か所かに申請は出すけれど、とても入れる気がしないという。民間の施設も見学に行くと、こんな所とびっくりするところもあれば、目を見張るような豪華な設備のところもある。母が安心して暮らせる施設がいちばんなのだけれど、金銭的な問題もあり、すぐに決められるというわけにはいかなかった。この件についてもキョウコは蚊帳の外だった。彼女自身も積極的に蚊帳の中に入ろうとも思わなかったし、第一、母がそれを望んでいないような気がした。

3

兄から「今年の正月は、のんびりするどころではなかった」と電話があった。母のことが決まらなければ、ほっとできないだろう。母が施設に入れば、義姉もずいぶん楽になるのにと思いながら、キョウコが借りた本を返しに図書館まで歩いていると、向こうから青いリードを手にした高齢女性が歩いてきた。しかしその先にいるはずの大きさのイヌの姿は見えない。チワワのような小型犬なのかなと近づいていくと、そのリードをつけて地べたをゆうゆうと歩いてきたのはネコだった。

（ぶっちゃん？）

キョウコが目を丸くして見ていると、ぶっちゃんはキョウコの姿を見て、立ち止まって顔を見上げた。リードと同色のベストを着ている。

「あら、どうしたの」

飼い主は上品でおっとりとした人だった。まさかこの子はうちによく来ますとはいえないので、

「かわいいですね」

とキョウコは多少、上ずってしまった声で彼女に話しかけた。

「ありがとうございます。うちではいつも『あんたは不細工だけど、そこがいいんだよね』っていってるんですけれど。オスのせいか、いくらだめよっていっても、隙《すき》を見て勝手に出ていったりするんですよ。知恵もついて窓も自分で開けて出ていくようになっちゃって。どうしても外に出たがるものですから、こうやって散歩をすることにしたんですよ。今はネコ用のもあるんですねえ。ほら、ベストの両側のひもの先に輪っかがついているでしょう。ここにリードをつけるようになっているんですよね。ネコちゃんたちの体に負担がかからないようになっているんですって。こういうのをお店で見ちゃうとつい買っちゃって」

彼女はうふふと笑った。

「そうなりますよね。わかります。あのう、触ってもいいですか」

飼い主に許可をもらったキョウコはその場にしゃがみ込み、

「かわいいねえ、本当にかわいいわ。その青いベストも素敵」

と褒めちぎりながら、本名の「アンディ」と書かれた小さなプレートを首輪につけた、ぶっちゃんの頭、顔、体を撫でた。ぶっちゃんは、ごろごろと喉を鳴らして、ごろりと地べたに転がり、お腹を上にして体をそこにこすりつけた。

「あ、ほら、汚れちゃうから、立って、ね、立って」

キョウコが声をかけると、お腹を上にしたままじっと彼女の顔を見た。

「まあ、こんなになついちゃって。優しいお姉さんにかわいがってもらってよかったわねえ。うれしいわねえ」

飼い主もうれしそうにしていたので、キョウコはほっとした。

「すみません、お散歩の途中なのに。ぶ……、いえ、ネコちゃんの体が汚れてしまいましたね」

「いいえ、いつも戻ったら足の裏を拭くので、そのついでですから大丈夫ですよ。でも肉球を拭かれるのがいやなのかしら、いつも大暴れしちゃって、うふふふ」

ぶっちゃんの大暴れはすさまじいのではないかと思うが、それでも彼女はうれしそうだった。

「失礼しました。じゃあ、また」

頭を下げて反対方向に歩いていった。振り返ると、同じように振り返ったぶっちゃんと目が合った。

（ぶっちゃん、振り返ってくれた！）

涙が出そうになった。ぶっちゃんは尻尾を左右に小さく揺らして、前を向いて歩いて行った。

ひとり暮らしの中年女の体内が喜びであふれそうになった。でもいくらかわいがっても、ぶっちゃんは優しそうな高齢女性の飼いネコなのである。横から手を出すことはできない。彼の行動を心配して散歩をさせているということは、もう単独で家を出てくることはないだろう。

（この時間帯だったら、これからも遇《あ》う可能性はあるわね）

時間をチェックして、これからなるべくこの時間帯にこの辺りを歩くことにした。

軽い足取りで図書館に行き、本を返却した後、ネコの写真集を借りた。ここ何年かはネコブームらしいので、棚にもたくさんの写真集が並べられていた。しかし隙間がそこここにあるところを見ると、たくさんの人が借りているようだった。キョウコはいわゆる愛らしくかわいいネコよりも、不細工なほうが好きなので、そういったネコが集められている好みの本を五冊、借りてきた。歩きながら眺めたいくらいだったのをぐっと堪え、プチヴェール、里芋、レンコン、カブなどの買い物をして帰った。

毎月、十万円しか使えないのに、以前、チユキさんからマグカップを二個買ってしまい、その枠が崩れてしまったのを、ちまちまと節約を続けて、やっと財政の立て直しができた。しかしここでまた気を緩めると、また危うくなってくる。ただしあと何年かすれば、勤めた年数だけの分なので少額ではあるけれど、前倒しで厚生年金の給付を受けられる。それまでは毎月の新しいお金の「入り」はないので、「出」のほうをきっちり管理すればいい。この年齢になるとあちらこちらに不具合がでて、体調不良になる人も多いが、キョウコにはそれがないのが助かっている。

帰りながらそんなことを考え、食材を冷蔵庫に急いで入れると、借りてきた写真集を並べて、ぱらぱらとめくってみた。喧嘩《けんか》しているネコ、跳んでいるネコ、寝ているネコ、ただじっとこちらを見ているネコ、どのネコもみんな愛らしい。

「はあ〜」

キョウコは思わず紙面を人差し指で撫でさすってしまった。

「かわいいな」

偶然、遭遇したぶっちゃんの姿を思い出しながら、にやけていたけれど、ぶっちゃんの青いベストにつながったリードが、飼い主とぶっちゃんの強い絆《きずな》を表していた。

ネコの飼い主によっては、家の外に出るのを気にしない人もいる。ネコを保護した人が多いのだが、もともと外で生まれた子なので、外に行きたがるのは当たり前と思っている。そしてネコの自由気ままさを尊重して、ネコが外に出たがれば戸や窓を開けてやり、いちいち面倒くさいとなると、壁やドアなどの一部分を切って、そこに出入りできるような扉を蝶番《ちょうつがい》でつけている人もいる。だいたい自由派は雑種を、完全室内派は純血種を飼っている人に多いような気がする。しかし最近は強いウィルスの病気が流行《はや》っていて、外ネコたちは生命の危機にさらされている。それを避けるために、一度保護したら室内飼いにするのが好ましいといわれていた。

あの優しい飼い主は、きっとぶっちゃんの散歩が終わると、毎日、丁寧に足の裏や体を拭いてあげているのだろう。外を歩いているにしては、ぶっちゃんは相変わらずきれいだった。

「ぶっちゃんが幸せでよかった」

キョウコはうれしかったが、それと同じくらい悲しくなった。そしてその悲しさを五冊借りた写真集を見て、まぎらわせた。何回見ても見飽きないのが不思議だった。

返却期限までの二週間、目一杯、本の中のネコたちで楽しませてもらって、大満足して本を返した日、兄から電話があった。その後もひき続き、ケースワーカーと相談して、母が入所できる施設を探しているという。キョウコは話を聞きながら、自分がネコの写真集を見て、かわいいとかうっとりしている間に、兄夫婦は一生懸命、母がこれから生活する場所を探していたのだ、と心苦しくなった。

「やはり特養は難しいから、民間の施設で探すしかないんだ。でも最近は、場所は遠くなるけれど、自分たちでも支払いができそうな施設がみつかって、ちょっと気が楽になったんだよ」

兄の声は明るかった。キョウコはしばらく黙った後、

「ごめんね、私、何もできなくて」

と謝った。兄もしばらく黙っていたが、

「いいんだよ、キョウコは気にすることはない。会社に勤めているときに、一生分、働いたんだろうから。うちの会社はのんきだから、定年までゆるく勤めることになるけど。まあ働き方は人それぞれだから。キョウコは自分ができることをしてくれればいいんだ」

といってくれた。

「ありがとう」

「うん、じゃあ、また連絡する」

ふつうだったら親が老人介護施設に入所するとなったら、子供たちでお金を出し合って、その費用を捻出《ねんしゅつ》するものだろう。しかし今のキョウコにはそれができない。兄だっていずれ定年を迎えるのだから、そうなると今までのような収入はなくなる。しかし義姉の負担

を考えると、母には施設に入所してもらいたかった。

次の日、これまでは義姉が必ずいたので、間に入ってもらったけれど、一対一になったら母が自分をどう思うのだろうかと気になりながら、母の病院に行ってみた。病室に入ると母は隣のベッドの女性と、楽しそうに話をしていた。

「あら、どなたかいらしたわよ」

母より少し年上のその女性も認知症なので、何回も顔を合わせているが、キョウコのことを覚えてはいない。

「こんにちは」

キョウコは母に挨拶をした。

「はい、こんにちは」

母も頭を下げた。

「体の具合はどうですか」

「はい、元気ですよ」

「それはよかったですね」

「はい、おかげさまで」

母の表情から緊張しているのがよくわかった。

「娘さんが来てくれてよかったですね」

担当の看護師さんが病室に入ってきて、母に声をかけた。

「娘?」

母は怪訝《けげん》な顔をした。

「この人、あなたのお友だちじゃないの」

隣のベッドの女性にたずねた。

「さあ、私は知らないけど」

彼女も首を傾げた。

「あら、そうなの。この人は娘じゃないの。きっとカナコさんのお友だちよ。ね、そうよね」

義姉の名前を出してじっとキョウコの顔を覗《のぞ》き込《こ》むので、キョウコはぐっと言葉に詰まった。看護師さんは小声で、あらあらといいながら、

「それは失礼しました。でも私は娘さんだと思うけどなあ」

といってくれた。

「いいえ、違います」

母があまりにきっぱりと否定したので、キョウコと看護師さんは顔を見合わせて苦笑した。

「何か欲しいものはありますか」

「そうですねえ、うーん、特にないですねえ。みなさんよくしてくださるので」

「それはよかったですね。それではまた来ます。どうぞお元気で」

「ありがとうございます」

母は丁寧に頭を下げた。隣のベッドの女性は、興味がなさそうにずっと部屋の斜め上の角を見上げていた。

面会に行ったことは兄夫婦には黙っていた。母と自分の関係について、特に義姉は気にしていて、うまくいかないというか、完全に関係が切れている現実を悲しんでいた。キョウコがそんなに気にする必要はないからといっても、

「でもたった一人の娘なのに」

と悲しそうな顔をする。

「私がもしレイナとそんなことになったら、悲しくて仕方がないわ」

という。そのたびに、お義姉《ねえ》さんと姪のレイナとは関係性がまったく違う。私は母の思い通りにならずに、嫌われた娘なのだと説明した。

「だからっていったって、自分の血を分けた娘なのに」

義姉は悲しそうだった。

「それがあの人なんですよ。娘の身を案じるよりも、自分のことがいちばん大事な人なので」

「信じられないわ。まず子供がいちばんでしょう」

彼女は深くため息をついて、何もいわなくなった。

「お義姉さんがその被害に遭わなかったのが、私にとってはうれしいです。私は娘だからいいんですけど」

「そうね、私にはキョウコさんにしたような態度はされた覚えはないし。ただ子供たちはちょっとね……。難しいわね」

甥のケイはすでに家を出、姪のレイナも四月から大学生だ。母が家にいるときは、顔を合わせるとあれこれ文句をいわれるので、二人ともいやがって母に近寄らなかった。しかし入院してからは、ケイは家にやってきて、食事をしたり兄夫婦とよく話をするといっていた。自分がされた仕打ちを考えると、若いケイやレイナは、本当にうんざりしていたはずだ。母の理屈では、

「あんたたちのことを思って、いってあげているのに」

なのだが、実はそうではないと、いわれたほうはわかっている。母が病気で倒れたのは不幸だが、記憶が曖昧《あいまい》になったことで、被害を受ける人がいなくなり、それによって兄夫婦の一家に安息が戻ったのはたしかだった。義姉はキョウコのことを相変わらず被害者だと気の毒に思っているようだったが、実際はそう感じてはいなかった。自分を他人と認識してくれているので、かえって気分的にはとても助けられた。

兄夫婦の老人介護施設探しは続いていて、よさそうなところが二か所あったと、いつもより明るい声で兄から電話があった。

「当たり前だけど入居一時金が高いと月々の支払いが安くなって、一時金ゼロだと高くなるんだ。どちらにせよ、大変は大変だけどね」

毎月、どれくらいの金額が必要なのかと聞いたら、自分の生活費のほぼ二倍が必要といわれてびっくりした。それも施設がある場所は二か所とも隣県の端のほうなのだ。

「これからお兄さんが大変になるね。ごめんね」

「それは織り込み済みだから。貯金で一時金を払って、っていう感じになるかな」

「まるで住宅ローンみたいな金額ね」

「そうなんだよ、これから一軒、家を買うのと同じだな。まあうちの場合は両親が住んでいたところにそのまま住んだわけだから、家や土地を買う必要がない分、他の人に比べて楽だったけど。まあそういうことだな」

兄もこういう考え方の人なのに、どうして母があのような性格なのか理解できなかった。

兄からの電話にいつも詫びてしまうキョウコに、

「キョウコはそれでいいんだ、いつもいつも謝るんじゃない。お金に関しては頼めないのは十分わかっているからな」

兄はあっはっはと笑って電話を切った。その後もキョウコは小さな声で、役に立たなくてごめんなさいと謝った。

結局、母は二か所のうち、より遠いほうの施設に入所した。入所申請のために必要な書類は主にキョウコが集めた。これくらいしないと自分の気持ちが収まらなかった。それでも兄夫婦は、助かったといってくれて、申し訳なかった。遠いほうの施設にしたのは、車で行く場合には高速道路を下りてからが便利なことと、施設の敷地内に緑が多いのが決め手だった。母は活《い》け花《ばな》が趣味だし、生花は虫や土など衛生面に問題があるため、建物の中には造花しか飾られていないが、それでも植物が多い環境のほうが、母も和むだろうと兄夫婦が相談した結果だった。

兄夫婦と一緒にキョウコも下見に行った。洋室の四畳半くらいの個室で、ベッドが設置され、作り付けの棚やタンスもあってとても日当たりがいい。少し狭いけれども実家の母の部屋に雰囲気が似ていた。食事は食堂で入居者全員が摂《と》る。敷地には花壇があってプリムラや梅が満開になっていた。ロビーに飾ってある写真を見たら、四季折々の花が楽しめるようだった。

「これからはここで過ごしてもらうようになるのね」

義姉がつぶやくと、兄もどこかほっとした表情になっていた。病気になった母の行き先が決まるまでは、二人共、あれこれ気を揉んで大変だったのに違いない。

車で母が入所するときには、キョウコは同行しなかった。「見ず知らずの人」が一緒に

いたら、不安になるのではと考えたからである。兄夫婦もこれまでの経緯を考えて、

「そのほうがいいかもしれない」

と同意してくれた。キョウコは部屋でふだんと同じように過ごしながら、時折時計を見ては、

「今、高速に乗ったところかな」「そろそろ到着かな」

などと想像していた。

その夜、兄から電話があった。車に乗った母は、

「私をどこに連れていくのか」

ととても不安がり、家に帰りたいと何度も訴えていたという。事前には説明をして、母もわかったと納得してくれたのに、実際はそうではなかった。車内でも二人で話をし続け、やっと母は黙ったという。そして立派な施設を見たとたんに機嫌がよくなり、花壇の見事な梅の木を見ては、

「まあ、きれいねえ」

とうっとりした。

「ここがお母さんが暮らすところだからね」

そう兄が話すと、

「うん、わかったわ」

とにこにこしたので、兄夫婦は胸を撫で下ろしたのと同時に、どっと疲れが出たという。

「車の中でごねていたのが嘘みたいに、職員さんにも、よろしくお願いしますなんて挨拶をして愛想がよくてさ。びっくりしちゃったよ」

母親らしいとキョウコは笑ってしまった。

「ま、これでひと息ついた。キョウコにも心配かけたな」

「そんなことないよ。私は何も……」

「はいはい、わかってるから。もうそれはいうな。後ろめたさを持ち続ける生活なんて、つまらないだろ。堂々としていればいいんだ、堂々と。また何かあったら連絡するから。じゃ、元気で」

「はい、お兄さんたちもね」

キョウコはゆっくりとボタンを押して電話を切った。

その間も、ぶっちゃんと会った時間帯に、買い物を兼ねて散歩をしてみた。しかし一度も彼らには遭遇しなかった。母の施設の書類集めで病院や役所で順番待ちをしている間、もしかして今、ぶっちゃんは散歩しているのではと、すぐに家に帰りたくなった。しかし、また会えるからとぐっと我慢して、書類を持って帰ってきたのだった。飼い主の女性は高齢だし、雨の日や体調が思わしくない日は、散歩はしないだろう。

「ぶっちゃん、次はいつ会えるのかな」

れんげ荘の自分の部屋が真ん中ではなく、道路に面したチユキさんの部屋だったら、窓からいつも歩いている人たちが見られるのにと残念だった。

たまたまクマガイさんと顔を合わせたキョウコは、母が倒れて認知症になったこと、自分を覚えていないこと、施設に入ったことを話した。

「お母さん、幸せねえ。そこまでしてもらって。そしてご自分は認知症でしょう。都合の悪いことは忘れてしまったのかな。それもまた御本人にとっては幸せね」

クマガイさんはしみじみといった。

「私は義姉の友だちだったり、活け花の先生の娘だったり、いろいろなことをいうんですよ」

「それが不思議よね。ちゃんとあなたを見ているのに、脳はそう判断しないんだものね。それなのにお兄さん夫婦はちゃんとわかるんだから」

「そうなんですよ。最初はわざとかしらと疑ったんですけれど、そうじゃなくて、母にはそう見えているみたいです。母の頭のなかからは、私がはずれちゃっているんですよね」

「お腹を痛めて産んだ子供なのにねえ。どうしてそうなるのかしらねえ」

クマガイさんも不思議を連発していた。

「でもまあ、あなたとお母さんの関係を考えると、それでよかったんじゃないかしら。もしも変な記憶ばかり残っていて、あなたを覚えてはいるけれど、あんなにいい会社をやめたとか、結婚しないとか、古くて汚いアパートに住んでいるとか、そんなことも覚えられていたら、たまらないいんじゃない」

「いやだー、それは本当にいやです。困ります」

キョウコは思わず大声を出した。

「だから今の状態がよかったのよ。あなたも病気になったお母さんから、今までのことを蒸し返され続けるのはいやなんだから」

「そうですよね。そういう点ではほっとしました」

二人で、まあよかったという結論を出した後、クマガイさんは、

「お母さんはいいの、問題は私たちなのよ」

といった。

「私には息子がいて、たしかに母にもし身内が誰もいなかったら、どうなっていたかわからない。病気のときに来て助けてくれたけど、それ以降は連絡も取ってないしね。あちらはあちらで家庭があるのだから、そちらでよろしくやってくださいっていう感じかな」

「本当は考えておかなくちゃいけないんでしょうけれど、私が考えないようにしているのかな。でもいずれは何かしらを決めなくてはいけない年齢になるんですよね」

「あなたよりも年上の私が、何も考えてないんだもの。しょうがないなって思うけど、考えても仕方がないと開き直ってるの。だいたい一人で住んでいるんだから、孤独で死ぬの

は当たり前でしょう。それを不幸だとかかわいそうだとかいうのは、違うと思うのよ。それくらいの覚悟はできてますよ。なんせ若い頃に酔っ払って、誰にも介抱されずに路上に放置された女ですからね、おまけに死んだ噂《うわさ》すら流れたんだから。あっはっは」

クマガイさんは、きりっとした口調でいった。肝が据わった態度は立派だった。キョウコは家を捨てたという気持ちがあるので、兄夫婦や甥たちに面倒を見てもらおうとは思っていない。しかしこの先、限られた貯金で暮らしていけるのかという不安がないとはいえない。いつ何時、何かが予想とは違ってきて、これまでの計画が崩れるかはわからないのだ。

「そう、わからないの、誰にも。だからくよくよ思い悩んでも仕方がないのよ。それだったらそう思わなくてもいい環境に自分を置いた方が、精神衛生上いいんじゃないかしら」

「そうですよね」

「まったくお金がないのも困るけど、お金があるからって病気にならないわけでもないし、事故に遭わないわけでもない。私は年齢的におばさんよりも、おばあさんの範疇《はんちゅう》だから、残りの年数は少ないわけだけど、ひとことでいえば、『もうどうにでもなれ』だわね」

キョウコは母の病気を目の当たりにして、少し気持ちがゆらいでいたのかもしれない。もしも自分がそうなったらどうしようかと、不安になったのも事実である。

「誰も明日はわからないのよ。だから享楽的という意味ではなく、なるべく自分が楽しく過ごせるように過ごしましょうということよね」

クマガイさんはにっこり笑った。

「まずあなたの彼氏にたくさん会えるといいわね」

「ああ、ぶっちゃんのことですね」

キョウコはぶっちゃんの散歩の話をクマガイさんにした。彼女は、

「へえ、ネコってリードをつけて散歩をするのね」

と驚いていた。

「まあ、あの子は変わってるんですよ。何も気にしないっていうか。だいたいあまり知らない人間の家に来て、がーがー寝ていかないですよね。不細工で何を考えているのかよくわからないところがいいんですけど」

「動物はこの人は自分のことが好きかそうじゃないか感じ取るのよ。きっとあの子は、『この人、おれのこと好き』って思ったんでしょうね」

「好きっていうよりか、僕《しもべ》ですけどね」

「ネコはそうよね。そうなっちゃうのよね」

クマガイさんは、またあの子に会えるといいわねといって、出かけていった。

チユキさんは夜になると帰ってきていたが、日中はずっと外出しているようだった。デッサンモデルの仕事が忙しいのだろうか。キョウコは暇を持て余してつい図書館に行って

しまうため、そこにある新聞を読み、本もたくさん借りてくるので、最近の時事に詳しくなり、ものすごい読書家になった。それもまた楽しいけれど、インプットばかりしていて、アウトプットがないのもバランスが悪い。ふと高校時代の友だちで、高校の先生をしているマユちゃんに電話をした。

「毎年、自分と子供たちの年齢差が広がるばかりでついていけない」

そういいながらもマユちゃんは元気そうだった。キョウコが現状を話すと彼女は、

「うーん、あなた、何年に一度か、そういう電話をしてくるよね」

と笑っていた。キョウコはそれを聞いてぎょっとしつつ、施設に入所した母の話などをした。彼女も、

「お母さん、お幸せねえ」

といった。

「お隣の人ともね、自分たちはどうするんだっていう話をしたのよ」

「本当よね。私も娘はいるけど、迷惑はかけたくないし」

既婚、未婚、子供がいてもいなくても、ある年齢になると考えることは同じなのだった。

「あなたは本を読むのが昔から好きだったのに、読書日記とかつけてなかったの」

「ううん、つけたことないな。本を読んで書いたのは、学校の課題の読書感想文か、宿題のときだけだもの」

「読書日記をつけてみたら？　あれ、結構いいみたいよ」

マユちゃんは同年輩の男性教諭が、中学生のときからずっと今まで、読書日記をつけていて、それを見せてもらって感動したという。中学生のときに初めて太宰治の『人間失格』を読んで感激して、読書日記を付けはじめたのだそうだ。

「鉛筆書きでノートの見開きに感想が書いてあるの。文字を見ると、考え考えじゃなくて、本と出会った衝撃がわかるほど一気に書いているのよね。あれはすごかったな。本を読むってこういうことなんだなって思い出した気がする。あれはキーボードで打った文字では感じ取れないわね。内容はわかるけれども、人が自分の衝撃をノートにぶつけたっていうパワーっていうか、そのときの中学生男子の姿が見えるようだった」

そしてある時期から筆記用具が万年筆になった。親に誕生日プレゼントとして買ってもらい、うれしかったけれど、学校には持って行けないので、家で文字を書きまくっていたらしい。そして読む本もだんだん大人びたものにもなり、友だちに借りた成人向け図書に関しても書かれていた。

「僕にはちょっと読むのは早かった。僕は絶対、どんなにきれいな人でも、隣に住んでいる奥さんとはつき合わないと思うって書いてあって、笑っちゃった」

高校生の素直な心情だ。男性教諭は、何年かごとに日記を処分しようと思っていたのだが、段ボール箱に入れて溜《た》めているうちに、この年齢になり、かえって捨てられなくなってしまったといっていたらしい。そして最近の生徒たちが本を読まないので、古い読書日記を何冊か彼らに見せて、自分の経験を話したのだそうだ。

「恥も全部さらしたっていっていたけどね」

その話を聞いて、読書日記もいいなと思った。週に二日は図書館に行って本を借り、読んでいるのだからそういったアウトプットも必要だろう。

「最初は無理をしないで、本の名前と読み始めと読み終わりの日にちを書くだけでもいいんじゃないかしら」

感想を書こうと思うと腰がひけるが、ただのメモだと思えば気が楽だ。

「ノートいるでしょ、うちにたくさんノートの在庫があるから、送ってあげるわよ」

百均で買えないわけでもないのに、友だちにまでこんなに気を遣ってもらって、本当に申し訳ないとキョウコは恐縮してしまった。

4

マユちゃんからすぐにノートが送られてきた。それも十冊まとめてだ。申し訳ない、何か御礼をと身の回りを探したけれども、特に送れるようなものは何もない。いったいどうしたものかと考えた結果、たまたま商店街の閉店セールで購入した、木綿の白いハンカチがあるのを思い出した。三枚一袋になっていたのを二袋買ったのだった。まだ壁に飾ってあるけれども、れんげ荘に引っ越してきて、本気で取り組んだ刺繍《ししゅう》のタペストリーの残り糸や道具がある。それでそのハンカチに刺繡をして、御礼の品にしようと考えた。

早速、図書館に行ってフランス刺繡の本を借りてきた。片隅に刺すマユちゃんのMの字のデザインと、それにあしらう花、鳥、本の柄を決め、手芸用のコピーペーパーで図案をハンカチに転写して刺しはじめた。刺してすぐ、

「あれっ?」

と首を傾《かし》げた。前のときよりもどうも作業がしづらく、老眼が前よりも進行しているのがわかった。

「うーん」

刺繡枠をはめてハンカチを膝《ひざ》の上にのせたまま、キョウコはうなった。

「だめだ」

そのまま帽子をかぶって外に出て、駅前の百均ショップに走った。そこで一段階度数の高い老眼鏡を購入して、また部屋に戻った。そして気合いを入れるためにコーヒーを淹《い》れて傍らに置き、ひと針ひと針、図案の線が隠れるように丁寧に刺していった。ところが細

かい部分を刺そうとすると、針を持つ指先が震えてくる。「ううっ」「うぐっ」「うっと」など思わず声が出てしまう。

「はああ」

ハンカチに刺すために糸の本数を少なくしたので、より繊細な作業を求められる。それがぷるぷると動く指のせいで目標の場所に刺せず、何度も息を止めてやり直した。他人様《ひとさま》に差し上げるものなので、きれいに仕上げたい。小さいもののほうが楽かと思ったら、アラが目立つので、キョウコにとってはタペストリーのようなもののほうが気が楽だった。といってもまた作る気持ちはないのだが。

一週間、少しずつ刺していって、やっと三枚のイニシャル入りの刺繍ハンカチが出来上がった。肩はぱんぱんになり、目も疲れて本も読めずに読書日記用ノートは送られてきたときのままだった。刺繍枠をはずすとどうしても布に跡がつくので、アイロンをかけなくてはならない。しかしキョウコの家にはアイロンがない。そっと窓から首を出して両横を見ると、クマガイさんの物干しには洗濯物がなく、チユキさんのところには洗濯物が干してあった。

クマガイさんの部屋からは物音も聞こえないところをみると、不在のようだった。キョウコは申し訳ないと思いつつ、隣室のドアをノックした。すぐに、

「はあい」

と声が聞こえて、いつものチユキさんが顔を出した。若い人はすっぴんでもこんなにきれいなんだなと納得しながら、キョウコは、

「急にごめんなさい。あのう、アイロン持っていらっしゃる?」

と聞いた。

「アイロンですか。たしかあったと思います。どうぞ中に」

彼女はキョウコを部屋に招き入れた。相変わらずすっきりとした部屋だ。彼女は四《よ》つん這《ば》いになって押し入れの中にある、段ボール箱の中を探してくれた。

「あ、ありました」

押し入れの奥のほうまで、もぐって探してくれたのか、チユキさんはアイロンを手に上気した顔になっている。

「ごめんなさい、本当に」

「いえいえ、私もほとんど使わないので、奥のほうに突っ込んでました」

何十年前のものかと思うくらいの、ただ通電するだけのシンプルなアイロンが出てきた。本体につながっている電気コードも、織られたものに黒に白の柄が入った、ねじれているような形状だ。

「あら、懐かしい。私が子供の頃《ころ》に家にあったのと同じだわ」

「たしか学生のときに男の子にもらったんです。その子も古道具屋で買ったっていってま

した。同じクラスに炭火アイロンを持っている子がいて、それが欲しかったんだけど、なかったそうです」

「炭火アイロンなんて、私も使ったことないわ。明治時代のものでしょう」

キョウコは笑った。

「彼は陶芸の実習のときにいつも白衣なんですが、いつもそれにぴっちりとアイロンをかけてくるんです。でも炭火アイロンは火の具合が難しかったらしくて、茶色い焦げ跡と土の跡がまるで模様みたいにそこここについてました。これもアートだっていばってましたけど、ただの失敗ですね」

礼をいってキョウコは部屋に戻った。

「大丈夫かしら、これ」

そっと電気コードのつなぎ目をひっぱったり、プラグの部分を点検したりした。最近、古い電化製品を使って、火が噴き出したというニュースを耳にしたので、ちょっと怖い。火が出たらこのれんげ荘は、あっという間に燃え落ちてしまうだろう。しかしアイロンはかけなくてはならないので、洗いあがった洗濯物をいれるバケツに水を張ってそばに置いた。

スチーム機能を使いたいのだけれど、霧吹きはないので、薄手の白タオルに水を含ませて、裏返しにしたハンカチの上に置き、高中低の三種類しか選択肢がない熱したアイロンを、頃合いを見計らって白タオルの上にのせた。ジュッと音がしたのでスチームの効果はあったようだ。ハンカチ一枚にアイロンをかけ終わって、どきどきしながらひっくり返してみたら、皺《しわ》がのびてきれいになっている。気をよくしたキョウコは残りの二枚にもアイロンをかけ、無事、プレゼント用の手刺繍のハンカチは出来上がった。

手持ちの和紙と紙紐《かみひも》でラッピングをしてビニール袋に包み、厚紙の台紙を入れた封筒に礼状と共に入れて、送る準備は整った。ポストに投函《とうかん》しにいく間、チユキさんに御礼をしなくてはならないけれど、どうしようかとあれこれ考えた。そこで刺繍ついでに、迷惑かもしれないけれど、チユキさんにも刺繍ハンカチをプレゼントしようと、家に戻って図案を選んだ。すぐに御礼をしたいので、イニシャルはなしで、ひとつの角に花三輪、対角線上の角に鳥の図案を刺してみた。

「どうしよう、今までで いちばん上手にできちゃったかも」

マユちゃんには申し訳なかったが、手が慣れたせいか、一日で刺し上がったうえに、できもよかった。

早速、借りたアイロンでプレスをして、形を整え、アイロンと一緒にチユキさんのところに持っていった。

「ありがとう。助かりました。これ、御礼っていうほどのものじゃないけど、よかったらどうぞ」

キョウコが遠慮がちに差し出した刺繍入りのハンカチを見たチユキさんは、

「ひゃあああ」

と大声を出して両手で頰《ほお》を覆った。

「わあ、かわいい。これ、キョウコさんが刺繍したんですよね」

「ええ、そうなの。タペストリーのときの糸や道具があったので、ちょっと作ってみました。って、舞台裏をお話しするのは失礼ね。ごめんなさい」

「いいえ、そんなことないです。わあ、細かいんですねえ。鳥の羽もほら、微妙に色が違ってる」

「そうなの、そこはひと針ずつグラデーションがついているのよ」

「ひゃああ、信じられない」

チユキさんは身悶《みもだ》えして喜んでくれた。こんなに喜んでくれるとやった甲斐《かい》があったと、キョウコもうれしくなった。

「もったいなくて使えません。家宝にします、ありがとうございます」

彼女が何度も頭を下げるので、キョウコもつられて、

「いやいや、こちらこそ助かりました」

と何度も頭を下げて、お辞儀合戦のようになってしまった。自分が作ったものを他人様に差し上げるのは抵抗があったのに、だんだん図々《ずうずう》しくなってきたのかなと、部屋に戻っ

たキョウコは苦笑した。

毎日、特にしなければならないことがない人間でも、人に喜ばれると気分がいい。キョウコがラジオから流れる昭和歌謡と一緒に、鼻歌を歌っていると戸を叩《たた》く音がした。へたくそな歌を聞かれてしまったとぎょっとしつつ、そっと外を見ると、そこには例のタナカイチロウが立っていた。

（しつこいわね、あれだけいっているのに、どうしてあきらめないのかしら）

居留守を使いたかったが、鼻歌を聞かれている可能性が高かったので、仕方なく戸を開けると、彼は、

「突然、申し訳ございません。タナカイチロウでございます」

と深々と頭を下げた。

「はい、こんにちは」

キョウコが淡々と挨拶《あいさつ》をすると、そこに息をはずませて、ピンク色のフレームの眼鏡をかけたスーツ姿の女性が走ってきた。

「申し訳ありません、遅れまして」

三十代半ばに見える彼女は、彼とキョウコに向かって何度も頭を下げた。

「そこまで一緒に来たんですけど、靴擦れしたそうで、絆創膏《ばんそうこう》を買いにいってたんです」

タナカイチロウが説明すると彼女は、

「そうなんです。久しぶりにこんな靴を履いたら、両足が靴擦れになってしまって」

と明らかに無理やり履いたような黒いパンプスと、キョウコに絆創膏を貼《は》った患部を見せた。

「角の薬局でストッキングを穿《は》き替えさせてもらったりしていたものですから、遅れてしまいました」

彼女は必要以上に勢いよく深く何度も頭を下げるので、キョウコは、

「はあ」

と返事をしながら、ヘッドバンギングみたいと思って見ていた。

「あのう、この間のリーフレットですが、しつこくて恐縮ですが、ご覧いただけましたか」

上目づかいで彼は聞いた。

「拝見しましたけど、申し訳ありませんが、お願いすることもこちらができることもなかったです」

「あー、そうですか。それは残念」

彼の隣でピンク眼鏡嬢はうなずいている。

「それでですね、あのう、大変残念なんですが……」

彼はとても申し訳なさそうな顔をした。

「はい」

いったい何かとキョウコが彼の顔を見ていると、

「わたくし、異動になりまして」

と切り出した。

「はあ」

「今の職場が長かったものですから、そろそろかなと思っていたのですが、今後は道路管理課に勤務することになりました。ササガワ様のお力になれず申し訳ありませんでした、せめてご報告をと思いまして」

「そうですか。それはご丁寧におそれ入ります」

キョウコは今後、タナカイチロウがあれやこれやといってこられなくなるとわかってほっとしたが、隣のピンクの眼鏡嬢が気になった。ちょっといやな予感がした。

「そこでこちらの、スズキトミコに後を託すことにいたしました」

「申し遅れました。スズキトミコと申します。年齢とは合わない昭和三十年代の名前で申し訳ございません」

彼女が見せたIDカードを、キョウコは、ああ、そうですかといいながら見た。キラキラネームとまではいかないが、彼女は「コ」のつかない名前が大半の世代なうえに、「トミコ」さんは、キョウコの同学年にさえいた記憶がなかった。

「祖父が田舎の小さな寺の住職をしておりまして、私の名付け親なのですが、世間で流行《はや》っているようなかわいい名前は絶対につけないと申しまして、このような名前になってしまいました」

キョウコが何も聞かないのに、彼女はまるで覚えてきた台本を読み上げているかのように話した。

「そうですか、お祖父様《じいさま》が考えられておつけになったのですから、由緒正しい謂《い》われがあるのでしょうね」

「いえいえ、ただの思いつきだと思います。あっはっは」

靴擦れはともかく、彼女の口から出る言葉が、すべて話のきっかけをつかむための台本どおりではないかと感じ、キョウコはちょっとしらけた。それからはタナカイチロウの、彼女は有能な後輩で、ササガワさんのお役に立てると思うという言葉や、スズキトミコの、

「ぜひ、私にがんばらせてください」

という熱意が、ますますキョウコのテンションを下げた。

「これからは何でも私にご相談ください。女同士で話しやすいこともあるかと思いますので」

キョウコは、女同士だから、いいたくないこともあるんだよと腹の中でつぶやきながら、

「はい、まあ、何かあったら……」

と曖昧《あいまい》に言葉を濁して戸を閉めようとした。

「ここのお住まいは長いんですか」

スズキトミコが眼鏡の奥の目をぱっちりと見開いて聞いてきた。

「ええ、東日本大震災の前から住んでいますから」

「ずいぶん古い建物ですね」

「ええ、収入がないので、こういう場所にしか住めないんですよ」

そういってキョウコが笑うと、スズキトミコは、

「そんな……」

といったっきり黙ってしまった。こういう受け答えは彼女の台本には書いていないようだった。

特に用事はなかったが、

「それではこれから用事がありますので、失礼いたします。ご丁寧にありがとうございました」

とキョウコは丁寧に挨拶をして戸を閉めた。

また、面倒くさいことになった。役所にしても会社にしても、異動があったらその後任がいるのは当たり前なのだが、キョウコの勘ではスズキトミコはなかなか手強《てごわ》そうだった。公務員の鑑《かがみ》のようにきまじめに仕事をこなし、しつこく、

「働かないんですか。どのようなところがよろしいですか。わたくしにいってくだされば、ご協力させていただきますけれども」

などといってきそうな気がする。もしもそうなったら居留守を使うしかないな。とりあえず担当が替わったことを、クマガイさんにもチユキさんにも報告しておこうと、とても申し訳ないが、彼女のれんげ荘来訪を、警戒警報扱いにしてしまった。

報告を聞いたクマガイさんは、

「チユキさんは時々アルバイトをしているし、私はおばあちゃんだからいいけど、あなたがいちばんやられやすいわね」

と気の毒そうにキョウコを見た。

「私だって五十過ぎなんですけどね」

「向こうはシニアも働かせて税金を取ろうという魂胆ですからね。なかなか許してくれないと思うわ」

「ああ、困ったなあ。タナカくんのときの攻略法はわかったのに。また新しく考えなくちゃ」

「ただ、適当にはいはいっていっていたらいいんじゃないの。働く気がないんだからしょうがないじゃないねえ」

クマガイさんは困ったものだといいながら、部屋に入っていった。キョウコも部屋に戻って考えてみたが、スズキトミコ一人によって、自分の人生が変わるわけではない。ああいう人たちは何度も同じことを聞いてくるのでとても面倒くさいのだけれど、自分の気持ちを正直に話し続けるしかないのだろうなと腹を決めた。

このところ何の連絡もなかった、コナツさんから久しぶりに手紙が届いた。今回も住人宛ではなく、キョウコ宛だった。中を開くとそこには綿々と今の生活への不満が書き連ねてあった。実家に帰った当初は、母も義理の父もとても優しくしてくれたが、そのうち家の手伝いを命じられるようになった。それはまあ当然のことである。今度の手紙はそれ以降の話だった。毎日、家の直しやら花壇の手入れ、買い物を手伝わされるのは、食費もいれておらず、親の年金で食べさせてもらっている自分としては、我慢しなくてはならないと思っている。しかし最近は、近所のおせっかいおばさんたちが、縁談を持ってきてそれがうるさくてたまらないというのだった。

「コナツさんもいいお年頃だしね」

と手紙を読み進めていくと、どうやら母親が勝手に近所の人に彼女のお見合い相手を探してくれと頼んだようで、一日に何枚もの男性のスナップ写真やら、きちんと写真館で撮影した厚紙の表紙がついた写真を目の前に置かれるようになった。これはいったい何かと聞いたら、母に、

「あんただってこの先、ずっと一人でいるわけにはいかないだろう」

といわれた。ふざけて、

「あたしはお金をたくさん持っている人としか結婚しない」

といったら、次からは近隣の資産家の写真が届けられた。軽い気持ちでいったのに、

「田舎の仲人おばちゃんネットワークのすごさに驚きました」

と本当に驚いたような文字で書いてあった。

「しかしみんなおやじばっかりで、初婚の人はおらず、全員、子供がいる再婚か再々婚でした」

まあ、そういうものかもしれないと、キョウコがうなずいていると、これではまずいと思ったコナツさんは次に、

「頭のいい人じゃなくちゃいやだ」

といってみた。するとまた仲人おばちゃんネットワークで、次々に高学歴の男性の写真が届けられた。コナツさんはほとんど口からでまかせをいっているので、どの写真を見ても結婚する気はない。そこで、

「顔のいい人じゃないといやだ」

といってみたら、ぱたっと写真が届かなくなった。

「仲人おばちゃんたちを黙らせるには、イケメンを探してくれ、これでした」

コナツさんらしいなと笑っていたら、その後、町内を彼女が歩いていると、見知らぬお

ばさんが寄ってきて、

「あんた、若い娘みたいに、顔のいい男がいいなんていってると、いつまでたっても結婚なんかできないよ。男は体が丈夫でまじめに働いてくれればそれで十分じゃないか。だいたいあんたが相手の顔をあれこれいうほうがおかしい」

と説教をされたという。彼女はその人を知らないが、その人はコナツさんを認識している。

「きっとあたしが毎日、何をしているかをチェックしている人たちがいるのだと思います。とっても怖いです。それを両親に訴えると、義理の父は何もいわないけれど、母にいつまでも我がままばかりいうなと叱《しか》られました。自分の写真もあちらこちらを回っているというので、やめて欲しいといっても、それはできないといわれました」

「いったい自分はどういう肩書きになっているのかと聞いたら、旅行会社で働いていて、世界各国を旅行していた人ということになっているらしいのです」

職業が旅人だといっていたコナツさんの姿を思い出していた。

その後も現在の不満が山ほど書き連ねてあり、終わりには、

「この家を出る準備をしている」

と書いてあった。えっ、どうするのと驚きながら読んでいくと、

「隙《すき》を狙《ねら》って家を出ます。ここには働く場所は道の駅しかありません。義父《ちち》からはこっそ

り お小遣いをもらっているので、漫喫《まんきつ》を渡り歩けばなんとかなると思います」
とある。

「えーっ、だめよ。それは」

思わず声が出てしまった。キョウコはあわてて、結婚を押しつけられたり変化がない生活についてはよくわかった。しかしこちらで生活が成り立たず、実家に戻るしかなかったのに、何の準備もなく飛び出してきて大丈夫なのか。お義父《とう》さんに甘えるのもいいけれど、いいかげんに自活しないと、これから先がどうにもならない。働きたいのなら、地元の道の駅で働いてみてはどうか。それによって少しは環境が変わるかもしれないからといった内容の手紙を書いて投函した。もたもたしていたら、コナツさんは本当にまた戻ってきそうな気がしたからだった。

次の返事は速達で届いた。速達料金分が古い切手で貼ってあるところを見ると、家の中にある切手を探して使ったようだ。コナツさんは、もしも地元で勤めてしまうと、そこから抜け出ることができなくなる。自分はいつでも実家を出られるようにしておきたい。どうせ働くのなら都会で働きたいと書いていた。

「でもそれが、我慢できなかったんじゃないの」

キョウコは小声でつぶやいた。会社の仕事がいやで、途中でやめた自分のような人間は、彼女に対して立派なアドバイスはできないが、一時期ではあるけれど、文句もいわずに一生懸命仕事をしたという自負はある。コナツさんは文句もいわずに一生懸命に仕事をしたことがあるのだろうかと考えた。ちょっとだけ嫌なことがあると、もうすべてが嫌になる。自分の心の持ち方や、相手へのやりすごし方で、状況がましになる場合も多いのに、それをせずに、ただ、嫌だというだけでそこから逃れようとする。要領よく振る舞うのは悪い印象もあるけれど、自分が嫌な思いをしないためにも、ある程度は必要な処世術だ。相手の言葉をいつも真正面からとらえずに、腹の中で、

（あー、はいはい、またはじまった）

と受け流すとか、嫌な思いをしたときに、それを消せるような自分の楽しみをみつけるとか。コナツさんはこれまであんなに海外旅行にいっているのに、どうしてそんなに人との関係がうまくいかないのだろうとキョウコは不思議になった。海外に行ったら言葉が通じない人たちと関わらなくてはならない。ずっと日本にいるキョウコよりも、もっとフレンドリーで他人との関わり方が上手でもいいのに、そうはならなかったようだ。彼女にとってはあの頻繁な海外旅行も、新しい経験を求めるというよりも、現実逃避だったのかもしれない。

お母さんがいうように、すべては彼女の我がままから発生しているので、性格を直すしかないだろうが、大人なのだから彼女本人が考え方を変えなければならない。もしそれが嫌ならばそういった自分の性格を受け入れて、暮らしていく必要があるだろう。しかしこ

ういうことをいわれるのが、コナツさんにとってはいちばん嫌なのだろうなと、キョウコは気の強そうな彼女の顔を思い出していた。

　母に面会に行くとき、いつも不安になる。もしかしたら顔を合わせたときに、

「キョウコ、何で来たの」

と不愉快そうにいわれるのではと心配になったが、幸か不幸か、母は相変わらずキョウコではなく、他の誰かと思っていた。その日は部屋に顔を出すと、

「あら」

とじっとキョウコの顔を見た。もしやと身構えると、

「お久しぶりですね。先生はお元気ですか」

という。とにかくこういう場合はその人になりすまさなくてはいけないので、

「はい、おかげさまで」

と返事をした。

「先生には本当にお世話になって。試験前には親切に教えてくださって、それでクラスで一番になれたんですよ。それで先生はまだ横浜にお住まいですか」

「はい、そうです」

「そうですか。くれぐれもよろしくお伝えください」

　その「先生」は母の思い出のなかで重要な人のようだったが、その身内と認識されたキ

ヨウコが、棚の上のタオルを整えていても、

「そんなことなどなさらずに」

などといわず、ぼーっとしている。会話が途切れると思考も途切れるのだろうかと首を傾げながら、キョウコは作り付けのタンスの中の母の衣類を確認したり、ベッドの横の靴を揃《そろ》えたりした。

「それでは私はこれで」

キョウコが頭を下げて部屋を出ようとすると、

「ああ、そうですか。それではさようなら」

と母は頭を下げた。部屋を出て振り返ってみると、母は窓の外を見ていた。

施設の職員の女性が、

「今日はいかがでしたか」

とキョウコに話しかけてきた。

「今日は学生時代の先生の身内と思っているみたいです」

「ああ、そうですか」

「仕方がないですね。母の頭の中のことですから」

気の毒そうにしている彼女に、キョウコは明るくいって帰ってきた。きっと母はもう娘がいたとは思い出さないだろう。それでいいのだ。

マユちゃんは、

「おばちゃんは最近、こういうものを持ちたくなっていたのよ」

と電話で大喜びしていた。それはよかったとキョウコも喜びながら、そのおかげで送ってもらったノートは真っ白だと話すと、

「それは全部並行してはできないわよね」

といいながらも、先生らしく、

「いったん口に出したことは、少しでもいいからやれ」

という。

「はい、わかりました」

キョウコは素直にお言葉に従って電話を切った。みんなに喜ばれたり褒められたりすると、また刺繡をはじめようかなとちらりとは思うが、そうなるとまた日々のあれこれの段取りが難しくなるので、いちおう刺繡はお休みして、その前の生活に戻すことにした。

図書館から借りていた刺繡の本には、キョウコがどんなにがんばってもできないすばらしい刺繡のテーブルクロスなどが掲載されていて、それを見ているだけでも楽しかった。歳《とし》を取ると買えなくても美しいものを見ると、心のやすらぎになるとよくわかった。返却期限ぎりぎりまで借りて、買い物がてら本を返しにいった。あれ以来、ぶっちゃんとは顔を合わせていない。ラジオで桜前線の話題も出るようになり春めいてきたものの、飼い主

の女性が出かけないと、彼も外には出られない。きっと抜け出せないのだろうなとあきらめながら、アパートに戻ったら、いつものまん丸い顔、ふとい手足のまま、じっと塀の上で待っていてくれたらいいなと期待した。

しかしアパートに帰ると、塀の上には蠅《はえ》しかいなかった。また会える日を期待しながら、エコバッグの中の食材を出してみると、いちばん必要な豆腐を買うのを忘れていた。店に入るまではちゃんと覚えていたのに。店内の安売りのイチゴに目を奪われているうちに、豆腐は頭からどこかに飛んでいってしまった。そのかわりにイチゴは買ってきている。自分に呆《あき》れつつ、またキョウコは外に出た。同じ店に行くのは恥ずかしいので、他の店に行こうと、

「とうふのと、とうふのう、とうふのふ」

といいながら歩いていた。安売りとはいえ、予定外のイチゴを買ってしまったので、その店では豆腐のみ買って帰ってきた。これは無駄足ではなく、運動だと考えようと前向きな気持ちをもり立てていると、アパートの前に女性が立っていた。ヘアスタイル、後ろ姿に見覚えがある。もしやと思いながらも声をかけずに近づいていくと、女性が振り返った。

「あっ、ササガワさんっ」

「コナツさん……」

頭陀袋《ずだぶくろ》のような大きな袋を肩から提げた彼女は、にこにこ笑いながら走り寄ってきた。

「どうしたの？　手紙、見た？」

「うん、見ました。やっぱりあたし、あそこには住めないんです」

キョウコはそれを聞いてため息をついた。

5

「どうするの、あなた。部屋はもうないわよ」

コナツさんが当然わかっているであろうことを、キョウコは念を押した。

「もしかしたらって開けてみようとしたけど、しっかり鍵《かぎ》がかかってた」

にっこり笑う彼女を見て、キョウコは困惑した。

「今は物置き場になっているもの」

「はい、確認済みです」

実家を離れてうれしいのだろうか、コナツさんは終始にこにこしている。それがまたキョウコの不安をかきたてた。

「どうするの」

「そうですねえ、どうしましょうかねえ」

彼女は笑った。

(笑ってる場合じゃないだろう)

思わず叱りそうになったが、キョウコはうーんとうなったまま、彼女と向かい合わせに立っていた。まさかずっとここでぼーっとしているわけにもいかない。

「お茶でも飲みましょうか。御飯は？」

「お腹《なか》すいてるんです」

コナツさんに即座にそういわれてしまった。キョウコはあわてて部屋に入って豆腐を冷蔵庫に入れ、財布の中の現金がいくらあるかを確認して、機嫌のいいコナツさんのところに戻った。

「何がいい？　あの中華屋さんに行く？」

「あっ、そこに行きたいです。おいしかったし」

キョウコはうなずいて、二人並んで店まで歩いていった。コナツさんは手紙に書いてきていた、実家での不満のあれこれを、もう一度、早口でキョウコに訴えた。キョウコは、うんうん、そうだったねと、うなずいた後、

「ご両親、心配してるんじゃないの」

と聞いた。

「うーん、そうですねえ。でも母はあたしがその気もないのに結婚させようとするし。親だけじゃなくて周囲の人のほうが面倒くさいんです。他人の娘なんだからほっといてくればいいのに」

「親切心からなんでしょう。それが楽しみでもあるのよね」

「でも迷惑ですよ」

「確かに。でもイケメンがいちばん品薄なのは面白かった」

「そうなんですよ。金持ちとか高学歴の条件だったら、たくさん釣書や写真が届くのに、顔がいい人っていったら、ぱたっと途絶えちゃって。あとで二人、写真が届いたんですけど、えーっ、これが？　っていう人たちでしたね」

「かすりもしなかった？」

「ぜーんぜん。おばさんやおばあさんたちから見たら、そうなのかもしれないけど。基準が違うんですね。まあ、あたしもいるわけないっていう気持ちでいっただけなので、思い通りにはなったんですけどね」

　彼女はずっと笑っていた。

　中華料理店にはランチ営業のぎりぎりの時間にすべり込めた。コナツさんは店の掛け時計を見て、

「あと四十分か」

と確認して、

「あたしは麻婆豆腐《マーボーどうふ》定食と冷たいウーロン茶にします」

とさっさと注文を決めた。そして、

「キョウコさんは？」

と聞く。まるで立場が逆だなと、キョウコは苦笑しつつ、

「それじゃあ、私は棒々鶏《バンバンジー》定食」

と注文した。

出された水をごくごくと飲み干したコナツさんは、

「ふう」

と大きく息を吐いた。

「いつこちらに来たの」

「朝早く、長距離バスで」

「ご両親はご存じなのよね」

「えーっと、義父だけには昨日の夜、いっておきました」

「お母さんには……」

「どっちみち義父から聞くだろうから、いいんです」

彼女は澄ましている。二人の定食が運ばれてきて、彼女は目の前に置かれたと同時に箸《はし》

を取り、勢いよく食べはじめた。その勢いに圧《お》されながらキョウコはたずねた。

「実家でどういう生活ができたら、そこで我慢できたの」

「朝、寝たいだけ寝られて、日中の掃除や片づけはほどほどの量で、お小遣いは二倍もらえて、夜はお酒落《しゃれ》な店でお酒が飲める生活かな」

「あらー、それじゃあ無理だわ」

「はい、そうなんです」

彼女は大きくうなずきながら、レンゲで麻婆豆腐を口に運んでいる。

「地元にも夜にお酒を飲みにいけるようなところだってあるでしょう」

「そうですけど、あたしの求めている店とは、全然、違うんです。店をはじめて五十年みたいな、めっちゃくちゃ派手な、胸の大きいおばさんがやっているようなところで。そんな店に行っても、いるのは煮染《にし》めたようなじじいとか、近所の噂話《うわさばなし》が大好きなおばちゃんばかりですよ」

「えーっ、でも町内で大事にされているお店って、実はそういうお店なんじゃないの」

「いいえ、そこしかないからです。以前、フィリピンの女性がやっていた店があったんです。じじいやおじさんたちが大喜びして行って、大繁盛だったんですが、おじさんたちのアプローチに負けたお店の女の子が、その人たちと次々に結婚しちゃって、ママさんもお金が貯《た》まったからって、三年ほどで国に帰っちゃいました。それも突然だったので、じじいたちが呆然《ぼうぜん》としちゃって。そんなときに、例の胸の大きなおばちゃんが、『安心して、私はいつもあんたたちのそばにいるから』って慰めたらしいです」

コナツさんはあははははと笑った。キョウコも笑うしかなかった。

「たしかにコナツさんの趣味とは合わないわねえ」

「はい、もう、ずれまくりです」

コナツさんは御飯のおかわりを頼んで、冷えたウーロン茶をぐいっと飲んだ。

キョウコが御飯一杯を食べ終わる間に、彼女は御飯二杯を食べ、ウーロン茶もおかわりした。デザートの杏仁豆腐《あんにんどうふ》を食べながら、

「これからどうするの。住む場所が決まらないと、アルバイトだってできないでしょう」

とキョウコはたずねた。

「そうなんですよ」

他人事のようにあっさり返された。

「義父からちょっと余分にお金をせしめてきたので、その間は漫喫にでもいれば何とかなるんですけどね。問題はその後ですよね」

「お金があるんだったら、まず住む場所を確保したら？」

若い人たちのなかには、家を借りると初期経費がかかるので、漫画喫茶や友だちの家、民泊を泊まり歩いている人がいるとラジオでいっていた。

「優先順位を考えたほうがいいと思うけど。漫画喫茶ってどれくらいお金がかかるの?」

「十二時間で二千円くらいでしょうか」

「あとの十二時間はどうするの?」

「外でぶらぶらするしかないです」

キョウコはこちらで働く気があるのであれば、すぐに家を探したほうがいい。そのほうがお金をこっそり送ってくれているお父さんも安心するだろうと説得した。

「そうなんですよねえ」

「契約ができるくらいのお金は手元にあるのかしら」

コナツさんはうなずいた。

「それじゃ、漫画喫茶とかカプセルホテルとかに使い続けないで、引っ越す間だけにしたら?　短期ならいいけれど、長期で使うのは体調的にも心配だわ」

彼女はキョウコの話を黙って聞いていた。

「れんげ荘みたいなところ、この近所であるでしょうか」

「きっとれんげ荘が家賃の最低ラインじゃないかしら。コナツさんの部屋は特別よ。基本的には物置仕様だったんだから。古いアパートがどんどん建て直されてきれいになって、家賃が上がっちゃうからね。不動産屋さんに聞いてみたらどうかしら」

するとと自分は部屋を不法占拠して追い出されたようなものだから、また顔を合わせるのはいやだという。

「大丈夫よ。向こうだって商売なんだから。娘さんもいい人よ」

「それはわかっているんですけど、何だかすぐに戻ってきちゃったから、ちょっと恥ずかしくて」

キョウコは、平気、平気と励まして、何ならこの帰りに寄ってみたらといってみた。

「えっ、これからですか」

「そうよ。一日でも早いほうがいいじゃないの」

コナツさんもそれはそうだと納得したらしく、二人は店を出て商店街を歩いていた。

「短い間だったのに、ずいぶんお店が変わってますね。こんなお店はなかったのに」

そこは以前、雑貨店だったのが、今はテイクアウト専門の餃子店《ギョーザ》になっていた。その先にある新しくできた若い女の子向けの格安ファッションの店には、たくさんの女子が集まっていた。

「若い人たちが集まる商店街なのに、それでも商売が続けられなくなる店があるのね」

「商売って大変なんでしょうね」

二人は周囲の店を眺めながら、不動産屋に到着した。まずガラスに貼られた物件情報を眺め、

「やっぱり高いですよね」

とコナツさんはため息をついた。現在のキョウコが支払っている家賃は三万円だが、そんな物件などはなかった。すると店の中から二人の姿を見た娘さんが、ドアを開けて出てきた。

「こんにちは。どうしたの？」

そういわれたコナツさんはうつむいてしまった。

「実家から戻ってきたんですけど、住むところがないんですって」

仕方がないのでキョウコがフォローするしかない。

「あら、そうなの。まあ、どうしましょう。前に借りてもらってたところは、完全に物置にしちゃったし。あら、大変」

娘さんは、どうしましょうを繰り返しながら、二人を店内に招き入れた。

「大変ねえ、ごめんね、追い出したみたいになっちゃって」

娘さんはしきりに謝る。

「いいえ、あたしがずっとこちらのご厚意に甘えていたのがいけなかったので、あたしが悪いんです」

コナツさんがそういったのを隣で聞いていたキョウコは、ああ、そういう気持ちもちゃんとあるのだなとほっとした。

「早く探さないとね。心配だからね」

娘さんは手元のファイルをめくって、

「ごめんね、あんな家賃の部屋はなくてね。いちばん安くて三万円になるけど」

と謝った。

「いえ、それはかまわないです」

コナツさんは頭を下げた。しばらくして娘さんは、

「ここはどうかしら」

と一枚の部屋の見取り図を見せてくれた。

風呂無し、四畳半に半畳の押し入れ、小さな台所、トイレは室内にある。

「昔は社員寮だった建物で、駅から歩いて十八分くらいのところだけど」

上下五部屋ずつの木造アパートで、学生、劇団員、会社員が住んでいて、女性も二人住んでいるという。コナツさんは家賃三万円（管理費込み）という数字をじっと見た後、物件も見ないまま、

「ここにします」

といった。

「えっ」

娘さんとキョウコは思わず顔を見合わせた。

「いちおう部屋くらい見たら」

キョウコにうながされて、コナツさんは娘さんと一緒に店を出た。そして自分の任務は終わったと帰ろうとするキョウコの腕をつかみ、

「一緒に見てください」

という。

「えっ、あとは大丈夫でしょう」

とキョウコがいっても、一緒に来て欲しいという。そうしなければ許さないといいたげに、じっと彼女が目を見つめてくるので、仕方なく二人の後をついていった。

現地まで歩きながら、娘さんは、ここに三軒あった大きな家が更地になって、もうすぐ大きなマンションが建つとか、ここのお屋敷も相続税が払えずに、結局売ったらしいといろいろと教えてくれた。

三人で雑談しながら歩いていると、あっという間に感じた。

「どうですか」

外見は朽ち果てていた。れんげ荘も相当古いが、古いなりに手が入っているし、古いなりにたたずまいは汚い感じはしない。しかしこのアパートは朽ちるがままになっていて、そこここにダメージがあるのが目立った。造りは瓦屋根《かわらやね》の木造二階建てで、一階には小さな庭がついている。きれいに花壇が作ってあったり、花の鉢が並んでいたり、ほったらかしになっていたりと、その様子はさまざまだった。

「部屋は二階です」

建物のドアを開けるとギーッときしみ、二階への階段を歩くと、こちらもギシギシと音がした。ただ古い建物なのでゆったりと造ってあって、古い昭和の小学校のようだ。二階の八号室の木製のドアを開けると、昔のサイズの畳なので、イメージしている四畳半よりも広い。窓を開けると小さな庭のおかげで、隣家との距離が保たれ圧迫感がない。キョウコは悪くないなと思いながら、部屋の中を見回していると、男女の切羽詰まったような会話が聞こえてきた。思わず窓から階下を見ると、娘さんが、

「あれはね、劇団員の人が台本の読み合わせをしているんですよ。舞台が近づくとああいったことがよくあるので」

という。以前、コンビの芸人さんが二人で住んでいて、毎日、ネタを練習していたのだけれど、それを聞かされ続けた他の住人が、

「あまりにつまらなすぎて、笑うどころか気の毒になって涙が出てきた」

といっていたと教えてくれた。

「その方たち、その後、どうなったんでしょうか」

キョウコがたずねると、

「やっぱり売れなくて、二人とも郷里に帰りましたね。いい人たちだったんですけれど」

と娘さんは気の毒そうにいった。

「両側はどういう人が住んでいるんですか」

　コナツさんが窓から首を出して、両隣を見た。

「男の人ですね。二人ともお勤めの方ですよ」

　とだけ教えてくれた。

「大家さんは他にもいくつか物件を持っていらっしゃるんですけど、お金がない若い人たちのために、ここは残すといっているんです。お家賃はきちんとお支払いいただかないと困りますけれど、住む方に対しては寛大ですから、コナツさんも問題ないと思いますよ。でもなるべく早く、お仕事を見つけてくださいね。あっ、それと保証人が必要です」

　それを聞いたコナツさんは、キョウコの顔を見た。その目をじっと見ながらキョウコは、

「れんげ荘に住んでいる無職の私が、あなたの保証人になれると思う？　お義父さんになっていただいてね」

　ときっちりといった。

「はい、わかりました」

　素直に彼女はうなずいた。

　後日、この「ひかり荘」八号室を、三万円の家賃で借りることになったコナツさんは、父親に連絡をして保証人になってもらい、契約することができたと、キョウコに知らせてきた。いちおう住まいが決まってほっとしたが、問題は収入源である。ご相談したいとい

われたので、キョウコは昼食、あるいは夕食がてら、何度かコナツさんを誘って御飯を食べた。

「あたし、どこに勤めても長続きしないから」

愚痴をいうコナツさんに、キョウコは常々自分が感じていることを、すべて彼女に話した。

「耳が痛い！」

コナツさんは笑いながら両手で自分の耳を覆った。

「会社がいやでやめた私は大きなことはいえないけど、勤めるのであれば、それなりの心構えも必要よ」

「それはそうですよね」

これまでの彼女のアルバイト先を考えて、人数が少ないところは、人間関係が密になって、また彼女が逃げたくなる可能性が高いので、

「いっそ人数が多くてまぎれる、スーパーマーケットはどうかしら」

と勧めた。

「スーパーですか。うーん、そうですねえ。でも普通のバイトですよね」

キョウコは意味がわからずきょとんとしてしまった。

「何だかみんながやるバイトっていやなんですよ。ちょっとひとひねりっていうか、エス

ニック雑貨店とか、インド料理店のウェイトレスとか、古着店とか、そういうところばかり選んでたので」

　それを聞いたキョウコは怒りがこみあげてきて、

「そういうんだったら自分でちゃんとバイトを見つけてきたら？　それにそういうところでも文句ばかりいって、長続きしないなんて、どういうこと？　少し自分の態度を考えたほうがいいんじゃない」

　と怒鳴るでなく諭すでなく、その中間くらいのニュアンスでいい放った。

「私もあなたを甘やかしていたのかもしれないな」

　キョウコがぽつりというと、コナツさんははっとした顔をして、

「本当に申し訳ありません。今日もご馳走《ちそう》していただいて……」

　と頭を下げた。キョウコは、ご馳走をする、されるというのは、たいした問題じゃない。あなたに自分の力でこれから生きていくっていう気持ちがあるのかないのかっていうことだ。いつまでも身内や他人をあてにして生きていると、あっという間に歳は取るんだから、取り返しのつかないことになるよと説教をした。

「普通のバイトでも何でも、お給料をいただくのだから、そこでまずまじめに働かなくちゃ。でもコナツさんの人生なのだから、自分の考えを貫くのもそれはそれでいいわ。それに対して私は何もいう権利はないから」

　コナツさんは黙っている。

「ただいえることは、自分の我がままを通して、文句ばかりいっている人は、見苦しいわよね。仕事でも何でも、いやなことがあるといつも自分は悪くないっていう。あなたはあれだけ海外に行っていたのだから、そこから得たことを、ここでの生活に活《い》かしたら？」

「あたし、あっちこっちには行っていたけど、特に言葉できるわけでもないし。ただの観光みたいなものだから」

「言葉だけじゃなくて、様々なものを見たり聞いたり食べたりしたでしょう。それがあなたの何かになっているはずだけど」

　コナツさんは首を傾げたまま、チャバッタをひと口食べ、トマトソースのパスタにも手をつけた。

　二人は黙ったまま食事を続けていた。こぢんまりとした、イタリアンレストランのアットホームな明るさとは正反対の雰囲気が、彼女たちのテーブルに漂っていた。しばらくするとコナツさんは、

「こんなあたしが、スーパーのバイトなんかできますかねえ」

　とキョウコの目を見ないでいった。

「ちゃんと勤めようと思ったのだったら、できるかできないかじゃなくて、やらなくちゃいけないわね、文句ばかりいわないで」

コナツさんはうなずいた。きっと楽しみにしていたであろう食事の席で、珍しく怒ってしまったことをキョウコは反省した。

そのときドルチェが運ばれてきた。ジェラート、ズコット、ティラミスが盛られていて、色合いがとても美しい。

「きれいね、おいしそう」

キョウコがコナツさんに声をかけると、彼女もにっこり笑った。ああ、よかったとキョウコは胸を撫《な》で下ろした。コナツさんはゆっくりとドルチェを食べながら、

「ちゃんと考えなくちゃいけない年齢ですよね。もしかしたらとうに過ぎちゃったのかもしれないけど。アパートも借りたし、これからは義父の送金をあてにしないで、自分の力で家賃が払えるようにします」

といった。

「おばちゃんのこうるさいお説教かもしれないけど、本当にあっという間に、ぼーっとしてる間に歳を取るの。コナツさんは私が若い頃にできなかった経験をたくさんしているのだから」

「ありがとうございます。明日、職探しに行ってきます」

途中、どうなることかと思ったが、レストランを出たときには、コナツさんの顔がとても明るくなっていた。

それ以上、キョウコのほうからはコナツさんに関わらなかったが、無事、ひかり荘に引っ越しを済ませたこと、必要な家電などはインターネットで不要品のお知らせを調べ、すべて安く調達したこと、いくつかスーパーマーケットのアルバイトの面接に行ったことを、そのつど電話で知らせてきた。

いつもの温泉場の仲居さんのアルバイトから戻ってきたチユキさんが、いつものように温泉饅頭《まんじゅう》をおみやげに持ってきてくれたので、部屋の中に入ってもらっていろいろと話をした。チユキさん自身は宿泊つき、賄い付きの仲居さんのアルバイトはやめたいと考えているのだが、彼女目当てに来るお客様がいるので、

「どうしても来て」

と宿の女将《おかみ》さんから懇願されているという。

「そういってくださるのはありがたいんですが。ただでかい仲居さんっていうだけで喜ばれても……っていう感じなんです」

チユキさんは苦笑した。ゴールデンウィーク以降も客足がずっと途切れないので、その合間を縫ってこまめに帰ってくる有様なのだという。

「以前は連休や休みの日がかき入れ時だったらしいんですが、今はシニア層が平日でもやってくるので、のんびりできないんです」

それは盛り上がっていいことよねとキョウコがいうと、

「それはそうなんですけれど、毎日、本当に忙しくて。辛《つら》いときはキョウコさんからいただいた、あのハンカチをじっと見て、自分を慰めていたんですよ」

といってくれた。

その旅館では昔から勤めている仲居さんたちが高齢で退職し、次世代の仲居さん要員を探していて、自分に仲居頭として白羽の矢が立ったという。

「たしかに私は定職はないですけれど、ずっと仲居さんを続けるのは難しいです。何度も断っているのに、じわりじわりと……」

「説得が」

「そうなんです」

疲れてがっくりしているような彼女に、キョウコは抹茶を点《た》ててあげた。習ったことはなく見よう見まねである。ひと口飲んだチユキさんは、

「ああ、おいしい。ほっとする」

とふーっと息を吐いた。

「そうなの。たまに飲むとおいしいのよね」

「疲れが取れる気がします。いいな、私も抹茶と道具を買ってこよう。そのブラシみたいなのも一緒に」

「茶筅《ちゃせん》っていうのよ」

「はあ、『ちゃせん』ですか」

「商店街に古いお茶屋さんがあるでしょう。あそこにあるんじゃないかな」

「わかりました。行ってみます」

二人でチユキさんのおみやげの温泉饅頭を食べながら、がぶがぶ飲むものじゃないけどといいつつ、抹茶をおかわりした。

ひと息ついて、キョウコはコナツさんの話をした。チユキさんはうなずいたり、びっくりしたりしながらも、

「ああ、でもちゃんと住むところが見つかってよかった。こういっちゃ何ですけど、あの突き当たりの部屋で寝起きし続けていたら、病気になっちゃいましたよ」

「今度の部屋は、ここと一、二を争うくらいに古いけど、陽《ひ》はちゃんと当たるから」

「それはよかった」

「これでちゃんと働いて、自分の生活できる分は稼げるようになればいいんだけど」

チユキさんは黙って聞いていたが、

「やっぱり歳を取らないとわからないことってあるんですね」

とつぶやいた。若いときには自分の体調にしろ環境にしろ、このままずっと続くものだと考えていたけれど、自分の体は明らかに無理がきかなくなっていくし、環境も変わっていく。自分の好みも違ってくるのがわかる。

「それを受け入れられないんですかね」

チユキさんは首を傾げた。

「受け入れられないっていうか、そういうことを考えてもいないのだと思うわ。若い時の感覚のままで、こういっちゃ悪いけど、十八歳くらいから精神的に成長していないんじゃないのかな」

「そういう人、いますよね。自分はまだ二十代後半だと思っている、おばさんとか」

「あー、そうそう」

二人はまた温泉饅頭を食べながら、現実を見ようとしないおばさんの話で盛り上がった。

「すみません。私も一緒に食べてしまって……」

チユキさんはキョウコへの土産の饅頭を、二個も食べてしまったので、恐縮していた。

「いいの、一緒に食べられて楽しかったわ。ごちそうさまでした」

「本当に失礼しました。それじゃ、お茶屋さんに行ってきます」

丁寧に頭を下げて、彼女は部屋を出ていった。

翌朝、洗濯物を干しているときに、クマガイさんと顔を合わせたので、いちおうコナツさんの件を報告した。

「へええ、そんなアパートがあるの」

彼女は興味津々で、場所や間取りを聞いて来た。キョウコが説明すると、

「相当、古そうね。ここが取り壊しになったら、次の部屋を見つけなくちゃならないでしょ。現状がそんな造りだと、ここが先に崩れるか、そちらのアパートが先かっていう感じね」

「見た感じ、向こうのほうが先のような気がします」

「あらー、大丈夫かしら」

クマガイさんは心配していたが、

「あの旅人のお嬢さんも、しゃんとしないとね。結構、いい歳になったでしょ。私も好き勝手にやってきたから大きなことはいえないけど、自分はあれもいやだ、これもいやだといってえり好みして、身内とはいえ他の人に依存するのはねえ。彼女にとってもいいことじゃないわね。自分で生活を成り立たせたうえでの好き嫌いなんだから」

「それがいまひとつ、わからなかったみたいです」

「あー」

クマガイさんは返事ともため息ともつかない言葉を発して黙ってしまった。キョウコは自分でもちょっときつかったかなと物言いを反省したといい、少しでもわかってくれればいいのだけれどと話した。

「期待したいけどね。性分っていうものもあるからね。世の中にはまじめな人ばかりじゃなくて、そういう人がいたほうが、面白いっていうことはあるけど。でもそのつどこちらに寄りかかられたり、ずっと歳を取った親のお金をあてにするっていうのもね」

キョウコは自分のこれまでの態度が、彼女を甘えさせてしまったのではないかと心配になった。しかし頼まれたら邪険にすることはできない。

「何気ない言葉に自分の至らないところを突かれて、はっとして反省する人もいるけれど、真正面からいわれても、全然、気がつかない人もいるからね。それはお嬢さん次第ね」

クマガイさんは突き放した見方をしていたが、病気で倒れたときに、雪道を何度も転んでまで、不動産屋のおじさんを連れてきてくれたことには、とても感謝していた。

「これからのお嬢さんの人生は長いんだし、納得できるような生き方をしないとね。でも、長いようで短いのよね」

「そうなんですよね」

自分たちは歳を重ねたからわかるけれども、若い人たちは頭ではわかっていても、現実として受け止められないのだろうと、二人は顔を見合わせてうなずいた。

6

天候はままならないものだが、それにしてもいつになく、気温の高い夏になった。れんげ荘の住人三人は、顔を合わせるたびに、

「暑いですねえ」

といいうしかなかった。

「ここは一階だからまだいいけれど、直接、この屋根にあの日射しが当たり続けたら、相当にきついと思うわ。二階を閉鎖してよかった」

首にクールタオルを巻いたクマガイさんは、天井を見上げた。

「本当にそうですね。からっと暑いのならまだしも、湿気がじっとりとして多いから、蒸されているみたいで」

「そうなのよね。私たち、蒸籠《せいろ》のなかの饅頭じゃないかと思うわ」

クマガイさんは苦笑した。そうか、ここは古い木造だし、私たちは湿気と熱で蒸されている饅頭なのかとキョウコもつい笑ってしまった。

お互いに、

「熱中症には気をつけて」

「ご自愛ください」

と挨拶をして部屋に戻った。ベッドの上にいるのも暑いので、キョウコは行儀が悪いとは思いながら、畳の上にごろ寝をしてみた。ひんやりした畳が気持ちがいい。

「はあ〜」

寝っ転がったまま、窓の外を見ると、アクリル絵の具で描いたような真っ青な空が広がっている。雲も真っ白だ。不動産屋の先代の社長が、窓枠に取り付けてくれた簡易クーラーは、外気の三十五度という熱風に負けて、いまひとつ効きが悪い。そして昔、防虫網の隙間から室内に入り込もうとしていた蚊でさえ、暑さで発生していないのである。

「蚊も出ない夏……」

俳句の才能でもあれば、ささっと句を詠んだりするのだろうが、あいにくキョウコにはそういう才はなく、ただぶつぶつと「蚊も出ない夏」を繰り返すだけだった。

ラジオは、熱中症に注意を何度も繰り返している。番組のなかで一時間に一度、

「水を飲みましょう。外でお仕事をしている方は、無理をしないで休みましょう」

と声をかけている。

（ひとり暮らしの高齢者には、こういったことが助かるのかもしれないいな）

大の字は意外にすがすがしく、これはいいわと、キョウコはしばらくその格好でじっとしていた。脇の下や股《また》のところの、おばちゃんなりの熱気が、そうすることによって、ふだん閉じられているところから解放され、空中に放出されるような気がする。他人に見られたらとっても恥ずかしいが、誰も見ていないので別にかまわない。

水を飲むとか、室温に気をつけるとか、自分はまだ体に被害が及ばないように調整できるけれども、高齢者だとそうはならないのかもしれないな。そんなことをぼんやり考えているうちに、将来の自分の姿が目に浮かんできた。今は自己管理ができているけれど、将来もできるかどうかはわからない。きっとできると今は考えているけれど、その年齢になったら自分はそのつもりでも、実はそうはなっていない可能性もある。歳を取るのは大変なことだとふと思った。少し悲しくなった。そしてもう一度空を眺め、あまりの空の青さに負けて目をつぶった。

目を開けたら一時間経《た》っていた。目をつぶったらすぐに寝てしまったらしい。思わぬ昼寝のおかげで、気分は爽快《そうかい》になってくれた。この猛暑のなか、働いている人たちが、昼寝をして英気を養うのならわかるが、無職で社会的には何もしていない自分が、昼寝で英気を養って、いったいどうするのだろうと、申し訳なくなった。せめて労働しようと、雑巾《ぞうきん》を水でしぼって、室内のそこいらじゅうを拭いた。晩御飯にはそうめんを食べ、こんなアパートには泥棒も入るまいと、窓を開けて寝た。いつまでたっても、生ぬるい風が部屋に入ってきていた。

そして翌日は、朝七時から高温だった。ベッドのシーツも、キョウコが着ているパジャマも、汗で濡《ぬ》れている。寝たまま手を伸ばしてラジオをつけると、気象予報士が今日は最高気温が三十八度になるといっていた。

「はあ〜」

それを耳にしただけで、また周囲の気温が上がったような気がした。しかし世の中の多くの人々は、そんななか通学、通勤しているのである。開け放ったままの窓から、

「あっちーなあ、おい。大丈夫か」

とおじさんの声がしたかと思うと、

「くーん」

とイヌの鳴き声がした。イヌの散歩をしているらしい。イヌはほとんど汗をかけないので、夏場は大変だと聞いた。兄一家が飼っているリリちゃんも、夏はクーラーが効いた、リビングルームのソファの特等席でずっと寝ていると、義姉《あね》が話してくれたことがあった。みんな大変なのに、こんな私が暑いだの何だのというのは、分不相応だと、夏になってからのキョウコは、誰に何もいわれていないのに、自分は働けるのに我がままで働かない人間だからと、暑いとか寒いとか文句はいうまいと心に決めた。しかしどうしてもぽろっと口から漏れてしまう。

「はい、はい、よしっ」

隣室から声が聞こえた。クマガイさんも起きたらしい。規則正しい「はい、はい、よしっ」が何回か聞こえた後、

「はあー」

と大きなため息が聞こえ、また静かになった。キョウコはベッドの上から移動して、畳の上に大の字になり、

「何をやっているのかな」

と想像した。チユキさんの部屋からは、まだ寝ているのか、何も聞こえてこなかった。

その後、クマガイさんは大きなくしゃみを二回して、トイレに入っていったようだった。

住人の行動のほとんどが、手に取るようにわかる住居。家賃は格安だがプライバシーがないと、いやがる人がほとんどだと思うが、キョウコにはそれが不思議と心地よかった。他の住人と気が合うということも大きい。家族で住んでいて、他の誰かがトイレに行っても気にならないように、ここ、れんげ荘の住人とは家族みたいな気持ちになっていた。神経質な人には耐えられないだろう。自分は図々しく図太いから、こういった環境でも平気なのかもしれないと、キョウコは大の字になったまま考えた。

「ぶっちゃんが来てくれたら、最高なんだけどな」

この猛暑では、毛皮を着たぶっちゃんはきっと辛いに違いない。飼い主の老婦人も、こ

の暑さでは散歩を避けているだろうし、クーラーの効いた部屋でお昼寝をしているほうが、ぶっちゃんのためにもいい。

「ぶっちゃんも暑くて辛いだろうけど、がんばって」

そうつぶやきながら、きっと彼のほうが自分よりも恵まれた涼しい環境で生活をしているに違いないと、笑いがこみあげてきた。

トイレから戻ったクマガイさんは、短い時間、テレビを点《つ》けていたが、すぐに消して部屋を出て行った。

「そうか、お出かけなのか」

キョウコは他の住人の行動を、あらためて言葉で確認するという、ほとんど意味のないことを続けているのに気がついた。

「あ〜」

十代の頃だったら、新しい水着を買い、暑い、海だと友だちと行き、お互いにその子の好みによって、日焼け止めやサンオイルを塗ってあげ、海の家でラーメンや氷イチゴ、氷メロンを食べ、何の意味があったのか舌についた色を見せ合い、目についた若い男の子を品定めし、そして心地よいけだるさに負けて、うつらうつらしながら電車に揺られて帰る、ということもあった。

「紺地に黄色いひまわり模様の、セパレーツの水着を着たなあ。紺地に白の水玉のホルターネックのも持っていたっけ。あれは日に焼けると跡がみっともなかったのよね」

思い出が蘇《よみがえ》ってきた。この年齢になると水着どころか、暑いときに外出するのは億劫《おっくう》でならない。ラジオでも無用な外出はするなといっていることだしと、キョウコは気温の高い日はごろごろすることに決めた。

「といっても、年中、ごろごろしているんだけどね」

そんな代わり映えのない生活のなかで、きらりと光る存在がぶっちゃんだったのに、しばらく姿を見ていない。飼い主と一緒の散歩のときじゃないと、会えないのだから、ぶっちゃんの意思より、飼い主の気持ち次第になってしまった。

「ぶっちゃん、夏だと少し痩《や》せるのかな」

キョウコは大の字になりながら、現在のぶっちゃんをあれこれ想像して楽しんだ。いつまでも寝っ転がっているわけにはいかないので、キョウコは体を起こしてシャワー室でシャワーを浴びると、目が覚めてきた。暑さで食品管理も難しくなったので、作り置きはせず、朝食はオクラ、モロヘイヤ、あおさ、ナス、にんじんの具だくさんの味噌汁《みそしる》にそうめんをいれ、にゅうめん風にして食べた。暑いのに食欲が減退しないのが、いいのか悪いのかである。

酷暑の日は時間が過ぎるのが遅い気がする。まだ九時、まだ十時と時計を見ていると、携帯が鳴った。もしや母に何かあったのかと出てみると、コナツさんからだった。

「あたし、面接に行ってきました」

「どこに？」

「スーパーです。ほら、隣の駅前にあるあの店です。ずっと改装工事をしていたじゃないですか」

「うん、たしか隣の個人商店が二軒立ち退《の》いて、売り場が広くなったのよね。新装開店のポスターは見たわ」

「あそこでアルバイトを募集してたので行ってみたら、採用されました」

「よかったわねえ。これで安心できるじゃない」

「そうですね。やっぱり無職だとまずいですよね」

「無職」にキョウコはぐっと胸を突かれたが、気を取り直して、

「よかったわ、本当によかった」

と彼女が採用されたのを喜んだ。

「まだどこの売り場に回されるかわからないんですけど、あたしも歳なんでこれからは気合いをいれます」

「電話をしてくれてありがとう。体に気をつけてね」

「はあい。いろいろとありがとうございました」

彼女が明るい声で話していたので、キョウコは安心した。アルバイト代は聞かなかった

けれど、アパートの家賃が払えて、生活できるくらいはもらえるのだろう。とりあえずほっとして、ふうっとため息をつき常温の水をひと口飲んだ。

あまりに暑いので、アジアの国のイヌのように、ただひたすら体力を温存するために、家でじっとしていると、翌日、コナツさんからまた電話がかかってきた。アルバイト先では、午後から夜十時半の閉店までの勤務で、日用品の品出し担当になったという。

「特に重い物はないし、丁寧に商品を並べればいいのでよかったです」

彼女は喜んでいた。一緒に面接を受けた女性が、料理が好きと面接でいったら、お惣菜《そうざい》作りの補助に回され、いくら冷房があるとはいえ、現場はそれを上回る火力なので、この夏、続けられるかどうかわからないと嘆いていたともいっていた。

「お惣菜作りは大変ね」

「店頭に並んでいるのを見ただけじゃわからないですね。裏ではたくさんのコンロが並んでいて、作る人は大変なんですよ。よかった、料理がきらいで」

「きらいなことはあまり面接で話さないものね」

「そうなんです」

スーパーマーケットの仕事で、彼女に合いそうな仕事を消去法でさぐっていったら、やはり品出しが残った。今はレジも自動なので、お金を入れればおつりも全部計算して出してくれる。レジ係といっても人間は確認するだけである。しかしきちんと客に挨拶をし続けなくてはならないし、レジ係の印象がその店の印象にもなる場合が多い。毎回、客に丁寧に同じ文言を繰り返さなくてはならないし、店側が悪くなくても、客から理不尽に文句をいわれることも多いだろう。そんなとき、絶対に彼女は顔に出るので、接客が延々と続く仕事は向かない。さすがに店側も彼女の性格を把握しているなあと感心した。

このところ毎朝、謎《なぞ》の「はい、はい、よしっ」を続けているクマガイさんと、偶然、顔を合わせたので、コナツさんのアルバイト先が決まったことを報告した。

「それはよかったわね」

彼女もキョウコと同じように喜んだ。

「コナツさんはこれで我慢できなかったら、もうだめね。後はないわ」

「気合いをいれるっていっていましたから大丈夫だと思います」

「ああ、そうなの。それだったらよかったけど」

二人でうなずき合っていると、彼女が、

「ねえ、朝、私の声、聞こえる?」

といった。キョウコが、うっと言葉に詰まっていると、

「私、この頃、友だちに教えてもらった、体操をやってるのよ。そうしたらね、腕をぐるぐる回しながら、声を出さなくちゃだめだっていうから、やってるんだけど」

とちょっと恥ずかしそうにしている。

「あのう、はい、はい……っていうあれですよね」

「そうそう、それ。ごめんなさいね、迷惑よね。壁が薄いから変な声を聞いて朝っぱらから目が覚めちゃうでしょう。私もどうして声を出さなくちゃいけないのっていったら、腹から声を出すことが体にいいんだとかいって。黙ってやったって同じよね」

「さあ、でもその方がそうおっしゃるのなら、効果があるんじゃないですか」

「そうかしら。これを続けたら一週間で二キロ痩せるっていわれたんだけど、一キロ太っちゃった」

「ええっ、筋肉がついたんじゃないですか」

「ううん、そんなことない。二の腕なんかたるみきっちゃって」

クマガイさんは着ていた半袖《はんそで》のTシャツをまくりあげて、二の腕を軽く叩くと、余った肉が波打った。

「私も負けないですよ」

キョウコが笑うと、彼女はちらりとキョウコの腕に目をやり、

「あのね、私みたいなばあさんと、あなたとは違うんだってば、体の構成が。私は明らかに老女の体形なのよねえ」

二人でたるみや、すぐ体重が増えるのに、減るのにものすごく時間がかかることなどについて話していると、チユキさんがひょっこりと顔を出した。

「あっ、たるみやダイエットと全然関係のない人がきた」

クマガイさんが笑うと、チユキさんは、

「こんにちは。えーっ、何ですか」

と笑いながらやってきた。そして二人で何を話していたかを説明すると、

「私だって大変ですよ。すぐお腹まわりが太るんです」

と両腕を曲げて腰に当てた。

「あのね、腹まわりが太るっていうのは、こういうことをいうのよ」

クマガイさんが腹を突き出して自慢した。肥満体ではないけれど、腹部は丸く弧を描いている。

「あら、あまり変わりがないですよ」

チユキさんが真顔で見つめるので、

「何いってるの、こーんなに違うじゃないの」

クマガイさんがふざけてチユキさんのお腹に手をやって、

「ぺったんこよ。もしかしたらえぐれてるかもしれないっていうくらい」

と撫で回した。

「お腹まわりはクマガイさんの勝ちい」

キョウコが勝敗を決めると、クマガイさんは、

「やったー」

と相手をKOしたボクサーみたいに右手を力強く挙げた。

「あのう、これ、何なんですか」

チユキさんは笑いが止まらなくなっていた。

「ともかくね、おばちゃんたちの体はたるみきっているということですよ」

「はい、わかりました」

チユキさんは小声でうなずいた。おばちゃんたちのどうにもならない、どうでもいい会話に巻き込まれて気の毒だった。

そこでキョウコは彼女にもコナツさんのアルバイトの話をし、

「これで落ち着くみたい」

といった。

「そうですか、いいところが見つかってよかったですね。私も探そうかな」

「えっ、バイトを？」

「はい。他にアルバイトをいれてしまえば、仲居さんに誘われなくなるかなって思っていて」

キョウコはクマガイさんに、旅館の女将さんがチユキさんにとても目をかけてくれて、次期、仲居頭として彼女に白羽の矢が立ったのだが、それがとても負担なのだと説明した。

「そりゃあそうでしょうね。やりたくないんだもん」

クマガイさんはあっさりといった。

「やりたくないわけじゃないんです。アルバイトだったらいいんですけれど、これからずーっと職業としてやり続けるのは、自信がなくて。それに申し訳ないんですけど、興味もないんです」

「それはお互いに不幸よね」

クマガイさんは気の毒そうに、チユキさんの顔を見た。

「女将さんは情熱のある人なので。それに自分の目には間違いがないとかいって、私に向いているっていってくれるんですけど」

「それは一方的な押しつけよね。あなたのいうことも聞いてくれなくちゃね」

「仲居さんもみんな高齢になって、仕事を引き継ぐ人がいないんです。ほとんどが短期のアルバイトやパートさんばかりなので」

「あなたが優しくて、頼まれると来てくれるものだから、向こうも甘えているのよ。はっきり、もう行けませんっていったらどうかしら。このままずるずるするのは、両方にとってよくないと思うわ」

キョウコがクマガイさんの顔を見ると、無言でうなずいてくれていた。

「はっきり女将さんにいったら？」

キョウコの言葉にチユキさんは、

「やっぱりそうですよね。でも私もいろいろとお世話になったと思うと、はっきりいいにくくって」

「そうよね、チユキさんのファンのお客様もいるんだものね」

「ああ、そうですね。ありがたいんですけれどねえ」

彼女は困り果てていて、つい最近も来て欲しいと連絡があったのだが、モデルのアルバイトが入っているからと嘘をついて、断ってしまったという。

「嘘をつき続けるのもねえ」

キョウコがため息をつくと、

「そうなんです！　そうなんですけれど、はっきりいうのも気がひけるっていう……。私がしゃんとすれば済むことなんですが」

とチユキさんは背筋を伸ばしたので、より背が高くなった。

「あなたの将来にも関係することだから、ちゃんというべきことはいわないとね。私はあばずれだったから、偉そうなことはいえないけど、生きているうちには、心が痛むけどいわなくちゃいけないことが何度かあるのよ。それを乗り越えないとね」

クマガイさんの目をしっかりと見て、チユキさんは聞いていたが、

「そうですね。わかりました」

と小さな声でいった後、

「あのう、あばずれって何ですか」

と不思議そうに聞いた。キョウコとクマガイさんは顔を見合わせて噴き出しそうになるのをぐっと堪《こら》え、

「すれっからしっていうか、性格が悪くて図々しい、そういう女の人のことよ」

とクマガイさんが説明した。

「えー、そんなことないですよ。こんなに素敵なのに。えー、どうしてですか？　どうしてあばずれなんですか？」

チユキさんは目をまん丸くして、どうしてを連発した。こんな素直なところが、彼女のいいところだなあと、キョウコは親戚《しんせき》のおばさんのようなつもりで、彼女を眺めていた。

「いろいろとありがとうございました」

と頭を下げて、チユキさんは部屋に戻っていった。

「体操、本当に効果ないですか」

キョウコが聞いた。

「うん、私はそう思うんだけどね、教えてくれた人は、最初はそういうこともあるけど、そのうち減っていくんだっていうのよ。たしかにその人、痩せたのよ」

クマガイさんは真顔になった。

「それは説得力がありますよね」

「そうなの。でも私は太ったの。どうしましょう」

彼女はしばらく体操を続けてみるといって、部屋に入っていった。もしも効果があるようだったら、自分もやってみようとキョウコは期待した。たまに銭湯に行って体重を量ってみると、粗食でビールも飲まないのに、じわりじわりと体重が増えている。たとえば一キロ増えて、何とかがんばって五百グラムは減るのだが、元の体重には戻らない。そしてそこからまた一キロ太り、また死ぬ思いでがんばっても五百グラムしか減らない。それが続いて、結局、じわりじわりと増える結果になっている。いつも納得できないと憤慨するのだが、太るには何か理由があるのだろうと考えてみても、暴飲暴食をしているわけではないので、運動不足なのに違いない。しかしこの酷暑のなか、ラジオでも外での運動は控えるようにといっているのに、運動する気にはならない。

「そしてじわじわ太っていくのね」

キョウコは常温の水を飲んで、ふうっとひと息つき、畳の上に大の字になった。最近、これがとても心地いいのだが、

「こんなことをしてるから、ますます太るんだな」

と深く納得した。

勤務して一週間のコナツさんからまた電話があった。

「あたしに合っているみたいです」

声も明るい。商品が棚から減ったらきれいに陳列をすればいいし、在庫が不足したら報告すればいい。客との接点はほとんどない。品物の場所を聞かれたり、商品について聞かれることもあるが、パッケージをよく見ると、細かくすべて書いてあったり、事前に売り場の責任者からも説明を受けているので、特に問題はないのだそうだ。

「よかったわね」

「はい、スーパーのバイトなんて、考えてもいなかったですけど、やってよかったです。ありがとうございました」

「いいえ、とんでもない」

社員やバイトにもいやな人はおらず、長期バイトのおばさんからは、

「あなた、新人さんでしょ。まだ慣れないから疲れたんじゃないの。これ、あげる」

と更衣室でお手製のパッチワークのバッグから、さまざまな種類の飴《あめ》をわしづかみにしてもらったのだそうだ。

「塩飴があったり、コーヒーやオレンジや、いろんなのがあったんです」

子供みたいにコナツさんは喜んでいた。

「部屋はどう？」

「微妙に昼と夜が逆転しているので、気温が上がる時間に寝てなくちゃならなくて。それ

が辛いです」

「寝ているうちに熱中症にもなるから気をつけないと」

「はい、お店の人たちにもそういわれて、寝る前に水を飲むようにしているんです」

バイト先の人たちも気を遣ってくれていい人が多そうだ。しかし細かいところで問題も起きていて、家から徒歩で通えると面接のときに話をしたのだが、最近は暑いので電車で通うといったら、交通費がかかる、最初の話と違うと経理のベテランのおやじが文句をいったらしい。それを上司に話したら、

「問題ないよ。おれから話しておくよ」

といってくれたので、大丈夫だと思うという。これまで彼女は上の立場の人には恵まれず、ごく一般的なきちんとした会社で働いている、きちんとした人にきちんとした対応をしてもらうのが、新鮮なようだった。

「会社にはちゃんとシステムがあるからね」

「そうなんですね。知らなかったです」

会社勤めを嫌っていた彼女が、会社のよいところを認識したのもいい経験だ。

「とにかく無理をしないようにね」

キョウコはそういって電話を切った。この前と同じように、コナツさんの声が明るかったのもうれしかった。

暑いなか母の施設に面会に行った義姉からも電話があって、母の様子は変わらないという。ただ問題があって認知症にはよくある症状とキョウコも聞いたことがあるが、母があるる人が自分の着物を盗んだと義姉に話したらしい。義姉が面会に行くと、母は食堂でみんなと一緒にテレビを見ていた。するとちょっとちょっとと手招きをして部屋に招き入れた。後をついていったら室内で、小声である女性の名前をいい、

「さっき食堂で私の後ろにいたでしょう。あの人が私の着物を盗んだのよ」

といったという。だいたい着物など施設に持ち込んでいないのだから、盗まれるはずがないのだ。義姉が、

「全部、家に置いてありますよ」

と説明しても、母は、

「ううん」

と口を真一文字に結んで激しく首を横に振った。

「ほら、ここに、ここに畳んで置いてあったのが、全部なくなってるのよ。ほらね」

引き出しを開けて着物が入っていないのを義姉に見せて、盗《と》られたのは間違いないといい張る。どうしてその人が盗ったと思うのかとたずねたら、いつも私のことをじっと見て、着ている服をうらやましそうに見ている。トイレに行った隙に、部屋に忍び込んで盗んだのに違いないというのだった。義姉がその人の名前をもとに部屋番号を確認したところ、

廊下の反対方向にある部屋が居室になっていた。

「その話を職員の人にしたのって聞いたら、事を大きくしたくないので、私は黙ってるのっていうの。そういうことはちゃんというのよね。それでも、間違いなくあの人は泥棒なので、あなたが話をつけて着物を取り返して欲しいっていうのよ」

義姉は困っていた。妄想で着物を盗まれたといいながら、事を大きくしたくないと現実的なことをいったり、脳というものはつくづく不思議だった。義姉がその話を職員にすると、家族と同居していた場合、家族の誰かが盗ったと騒いで、だいたい息子の妻が濡《ぬ》れ衣《ぎぬ》を着せられると苦笑していたという。

「でも何の関係もないのに、着物を盗んだことにされたその方には申し訳ないわね」

「そうなのよ。どうしてその人のことをそんなふうにいうのか、私にはわからないんだけどね」

職員は、しばらく執着しているかもしれないが、またある時期になるところっと忘れるので、そのつど対処していきますといってくれたという。

「次に行ったときに、盗まれた、が出るとちょっと問題なのだけど」

「私が行ってもずっと他人の認識のままだから、何の解決にもならないわね」

「そうね、他人と思ってるキョウコさんには何もいわないかも」

自分を思い出さないのはどうでもいいが、他の人にありもしない罪をなすりつけるのはやめて欲しい。といっても母の頭の中では、その人が盗人になっているのだから、どうしようもないのだが。

「暑いから車で行っても無理しないでね」

義姉にそういって電話を切った。

認知症の症状としてよくあると聞いてはいながら、現実に母が他の人を疑っていると知ると、気分のいいものではない。それも彼女のプライドの高さを物語っているような話で、キョウコはがっかりした。

「自分の着ているものをうらやましそうに見てるって、いったい何？　いつもそんなふうに人の目を感じていたのかしら」

人間というものは、病気になったとしても、根源的な自分というものが抜けていかないどころか、嫌な部分が全面的に出てくるのかと、キョウコは恐ろしくなってきた。

7

最も暑い時間帯には、キョウコは大の字になって体力温存をはかっている。流れてくる

ラジオからの話題や音楽を聴きながら、

「クマガイさんはお友だちと旅行に、チユキさんは画家の山のアトリエで、大学時代の友だちとモデルの仕事か……」

とつぶやいた。残暑が厳しくても、冷蔵庫のなかにある食材を食べきると、調達をしに買い物に行かなくてはならない。夕方になって、やや陽《ひ》が落ちてきたころ、身支度を整えて部屋を出る。結局、キョウコの行くところは、近所のスーパーマーケットと、図書館と、兄夫婦が住む実家しかなかった。これまで母と長い間同居していた兄夫婦を考えると、鬼の居ぬ間の洗濯で、ふたりの生活を楽しませてあげたかった。実際、母が施設に入所してからは、二人であちらこちらに出かけているようだった。

ここに引っ越した当初は、オーガニック食品を買っていたが、歳《とし》を重ねるうちに、もうどうでもよくなってきて、調味料などキョウコのなかで譲れないものは、相変わらずオーガニック・ショップで購入しているが、その他のものはスーパーで買うようになった。特に問題はない。夕方になると店内がとても混むけれど、三十五度だの六度だのという気温では、誰だって外に出たくないだろう。しかしそんななかでも、室内ではなく外で仕事をしなくてはならない人たちは、本当に大変だと、キョウコは心から気の毒になった。自分が大の字になっている間も、猛暑のなか、働いている人たちがいる。本当にご苦労様ですと頭を下げたくなった。

昔、よく母が家で、近所の裕福な家のお兄さんに対していっていた、「ごくつぶし」という言葉を思い出した。中学生のキョウコは意味がわからず、国語辞典を引くと、「穀潰《つぶ》し」と書いてあって、やっと意味がわかった。

町内で一、二を争う裕福な家のお兄さんは、高校を卒業して進学も就職もせずにぶらぶらしていたが、野良ネコを見つけたり、出没する噂《うわさ》を聞くとすぐにその場所にいって、拾ってきては家で飼っていた。お揃《そろ》いの緑色の首輪を作っているのも彼で、周囲には彼が作ったお揃いの緑色の首輪をつけているネコが多くなり、

「あら、あのネコも、あそこのお宅の子なのね」

と近所の人たちは眺めていた。そして夕方になると、外を出歩いていたネコたちが、ぞろぞろと大きな門や生け垣をくぐって、家に帰っていくのを見るのも楽しかった。

キョウコは学校の帰りに、近所の奥さんたちが、

「奥さんに聞いたらね、『うちの子はネコの面倒をよく見てるんですよ。今、十八匹くらいかな。家中を走り回ってるの。私もお父さんも最初は数えていたんだけど、あまりに増えてよくわからなくなっちゃって』といって笑っていたのよ」

と話しているのを耳にした。いいお兄さんだし、いいお父さんとお母さんだなと思った。面識はないけれど、ちょっと遊びに行きたくなった。お兄さんに保護された緑色の首輪のネコたちは、みんなかわいくて、キョウコが、

「こんにちは」

と挨拶《あいさつ》をすると、

「にゃ」

と返事をしてくれた。拾われた直後は、瘦《や》せていて毛並みもぼろぼろだった子も、しばらくすると同じネコとは思えないくらい、毛並みがつやつやになり太っていた。

「そういう人と結婚していたら、生活面は問題だけど精神的には幸せだったかも」

今さら考えてもどうにもならないことを考えながら、キョウコはなるべく日陰を選んで歩いた。

すると向こうからリードをつけたネコが歩いてきた。体形といい、ちょっとガニ股《また》の歩き方といい、間違いなかった。

「！」

心臓がどきっとした。立ち止まってじっと見ていると、中年の男性を従えて歩いてきたのは、まぎれもないぶっちゃんだった。

（ぶっちゃん！）

連れているのはあのご婦人ではなかった。

（きっと彼女の身内の方だろうけれども、初対面だし、ぶっちゃんに変になれなれしくするのも失礼だし、でも絶対ぶっちゃんに触りたいから、挨拶はしなくっちゃ）

キョウコは緊張の汗が流れてくるのがわかった。ぶっちゃんのリードを持って、のんびり歩いてくる男性の穏やかそうな顔を見て、キョウコは大丈夫そうな感じがした。何て声をかけようかとあれこれ考えていたにもかかわらず、キョウコがやってくるのがわかったぶっちゃんは、

「なーん」

と甘えた声で鳴いて、ものすごい勢いで走り寄ってきた。リードをつけてのんびり歩いていたネコが、突然、走り出したので、連れていた男性は、

「ど、どうした、えっ」

といいながら、あたふたと一緒に走ってきた。ぶっちゃんはそんなことなどしたこともないのに、立ちつくしているキョウコの胸元めがけて、ジャンプして抱きついてきた。

「あ、あ、あらあら」

思わず抱っこして体を撫《な》でてやると、ぶっちゃんの体の中からは、「ぐふうぐふう」という喜びの音が聞こえてきた。そしてぺろぺろとキョウコの顔を舐《な》め続けた。

「こら、すみません。本当に。お前は失礼なっ」

彼がリードを引いて下に降ろそうとするのをキョウコはさえぎって、

「大丈夫ですから。私、年配のご婦人が連れているときに会っているので」

といった。ぶっちゃんはキョウコに抱っこされたまま、

「そうなんだよ」

というような表情で、リードを手にした彼を眺めている。

「そうでしたか。それでもそんな失礼な。服が汚れましたよね。本当に申し訳ありませ
ん」

「いえいえ、汚れなんて気にしていたら、イヌやネコをかまったりできませんから。どう
ぞご心配なく」

「本当に申し訳ありません」

彼は何度も何度も頭を下げ、

「おいこら、調子に乗るんじゃないぞ。何を得意そうな顔をしているんだ」

彼が真顔でいっても、ぶっちゃんは怯《おび》える様子などみじんもみせず、鷹揚《おうよう》に構えている
のを見て笑いそうになった。

「会うのが久しぶりなんです。どうしてるのかなって思っていたので、うれしいです。ね
っ」

抱っこしているぶっちゃんの顔を覗《のぞ》き込《こ》むと、

「あーん」

とかわいい声で鳴いた。

「えっ」

彼はびっくりして声を上げた。

「うちにいるときは、そんな声なんか出したことないんですよ。ドスの利いた声で、腹減ったー、遊べーって、文句をいいっぱなしなんですから。外の人にはこんなにかわいい声を出すんだな。いったいどこからそんな声が出るんだ、おい」

そういわれてもぶっちゃんは、

「さあね」

という顔で大あくびをした。

「まったくしょうがないなあ」

彼は呆《あき》れていた。

「以前この子をお散歩させていたのは、お母様ですか」

キョウコがたずねると彼はうなずいた。これまでは元気だったのだが、ここのところ急に体調を崩し、入院しているという。そこで息子である彼と奥さんが引っ越して来て、母親とネコの面倒を見ているのだというのだった。

「まさか、ネコの散歩まであるとは思っていなかったんですよ。面会に行くと母にいつも、『アンディの散歩はちゃんとしているでしょうね。ネコだと思って軽くみないでちょうだいよ』って念を押されるんですよ。でもこの暑さでこの子も外に出る気はなかったみたいで、ずっとクーラーの効いた部屋で、お腹《なか》を上にして大の字になって寝ていたんです。それが今日は久しぶりに散歩に行きたいって、リードを咥《くわ》えて持ってきたんですよ。もしかしたら、あなたと会えると勘が働いたんですかねえ」

「まあ、それだったらうれしいですけど」

キョウコはそういいながら、何度も何度も抱っこしているぶっちゃんことアンディの体をさすった。ぶっちゃんは満足そうに目を細め、だんだん入眠状態になっているようだった。

「あら、ここで寝たらだめよ。おうちに帰らないといけないんだから」

キョウコが声をかけると、ぶっちゃんは、むにゃむにゃと小声で何事かいった後、ふうっとため息をついた。

「本当に申し訳ありません」

息子さんは何度も何度も頭を下げ、キョウコからぶっちゃんを受け取って抱っこした。そのとたんぶっちゃんは彼の腕から身をよじって地べたに下り、ぶるぶるっと体を震わせて、じっとキョウコの顔を見上げた。

「いい子にしていなくちゃだめよ。せっかくお散歩に連れていってもらっているんだからね」

頭や顎《あご》の下を撫でてやると、ぶっちゃんはますます幸せそうな顔になり、

「うーん、そこそこ」

と目を細めた。

「いったいお前は何なんだ？　図々《ずうずう》しいなあ。本当に申し訳ありません」

息子さんは恐縮しきっていた。

「いいえ、私もこうしていると、とてもうれしいので」

いつまでやっていてもきりがないので、キョウコは後ろ髪を引かれる思いで、

「それでは失礼します」

と頭を下げてその場を離れた。ぶっちゃんがじっと振り返ってキョウコを見ているのが辛《つら》かった。

「いやいや、こちらこそ」

息子さんも恐縮して歩いていった。振り返ったら、ぶっちゃんも歩きながら何度もこちらを振り返っているので、胸が熱くなった。

（ぶっちゃん……）

そのままじっと遠ざかっていく息子さんとぶっちゃんを見ながら、思わずキョウコは手を振っていた。たまたま通りかかった中年女性が、不思議そうな顔でキョウコの視線を追い、また同じ表情でキョウコの顔をじっと見た。他人にどう見られようが、そんなことはどうでもよかった。ぶっちゃんが自分を忘れないでいてくれて、懐いてくれたのが何よりもうれしかった。しかしそれにも増して、当たり前だが、ぶっちゃんがやっぱり去ってい

ってしまったのが、その倍くらい悲しかった。他人様《ひとさま》の飼いネコなのだから、仕方がないじゃないかと、歩きながら何度も自分を叱《しか》った。しかししばらく歩くと、

（相変わらず不細工だったな、ぶっちゃん。でもかわいがってもらっているようでよかった。毛もふかふかだったもの）

と気分が明るくなってきた。彼の世話を引き継いだ息子さん夫婦が、よくお世話をしてくれているのがよくわかった。ずっしりとしたぶっちゃんの重さを思い出しながら、商店街のウインドーにふと目をやったら、にやにやしている自分がいた。

（まったく不審者そのものね）

キョウコは苦笑して、スーパーマーケットに入った。

まるで牛が反芻《はんすう》するように、キョウコは部屋に戻っても、しばらくぶりに抱っこした、ぶっちゃんの姿を思い出していた。そしてふと気がつくと、

「ふふふ」

と笑っている自分に気付く。

「いい加減、しっかりしなよ」

自分に活を入れるものの、また、

「ふふふ」

と体の底からうれしくなって笑ってしまう。

「私って安上がりな女」

そういって畳の上に大の字になり、今日の小さくて大きな思い出に浸っていた。

息子さんの話だと、ぶっちゃんも毎日、散歩に出ているわけではなく、奇跡的に出会えた日だった。そのとき息子さんが話していたように、

「私とぶっちゃんはテレパシーでつながっているのかも。ネコって不思議な力があるっていうし」

とまで思うようになった。そのような力があるのなら、いっそのことテレポーテーションで、ここに来てくれればいいのにと願った。

「ますます危なくなってきたぞ」

キョウコは笑った。そして心の中で、今日は会えてうれしかった。元気そうでよかった。また散歩のときに会えるといいね。散歩に行くときは私に知らせてね、と念じた。

「まったく何をやってるんだか」

キョウコは自分に呆れつつ、ぶっちゃんとの交信を楽しんでいた。

結局、その後一週間は、キョウコが買い物に出たときには、ぶっちゃんと会えなかった。あれはお盆の時期だったから、息子さんが家にいて散歩をさせていたのかもしれない。となると平日は彼の奥さんが散歩をさせていることになる。しかしそれもぶっちゃんの気持ち次第だから、毎日やっているとは限らない。そう考えると、先日、ぶっちゃんと会った

ことは、大げさだが奇跡のようにも思えてきた。

そんな話を、旅行から帰って名産の漬物と佃煮《つくだに》のおみやげを持ってきてくれたクマガイさんに話すと、

「本当にあの子が好きなのね。男の人だったらよかったのにね」

と笑われた。

「きっと男の人だったら、こんなに好きにならなかったと思いますよ。ぶっちゃんはネコだからかわいいので」

「飼っている動物を含めて、家の中での順位がお父さんが一番下っていう話をよく聞くものね」

「そうです。そんなものです」

「こんなに思われて、ぶっちゃんは幸せねえ。ちゃんとわかっているのかしら」

「ネコは自分がかわいがられる存在だってわかってますから、当然だと思っていますよ、きっと」

「ああそうなの。いいなあ、私も来世はネコに生まれたいな」

「私もそう思います。ネコはネコなりに辛い部分もあるとは思いますけどね」

「飼い主次第だものね」

「昔は外ネコもいいかなと思っていたんですけど、だんだん環境が厳しくなってきて、い

ろいろな病気も流行《はや》ってきたので。それをかいくぐって生きるのは大変なことですよね。ぶっちゃんも保護されたネコだと言っていました」

「そうなの。でもみんなにこんなにかわいがられて幸せね」

「本当にそう思います」

「それではまたぶっちゃんに会えますように、お祈りしております」

クマガイさんは笑いながら丁寧に頭を下げて部屋に戻っていった。きっと彼女にも呆れられているのだろうなと、キョウコは恥ずかしくなってきた。

チユキさんもモデルのアルバイト先から帰ってきて、アトリエ近くの道の駅で新鮮な野菜をたくさん買ってきてくれて、キョウコは大喜びした。

「わあ、うれしい」

「さっきクマガイさんにもそういっていただきました」

「こちらではおいしい野菜を探すのが難しくなっちゃって」

「値段も高いですよね。ほら、このトマトなんか、こんなに安いんですよ、このナスも」

すべてに値段のシールが貼《は》ってあったが、どれもが近所で買う値段の半分から三分の一以下だった。

「一緒にモデルをした友だちが車だったので、たくさん買えてよかったです」

「本当にありがとう」

キョウコが喜ぶのを見て、彼女もうれしそうにしながら、

「でもこっちは暑いですねえ。アトリエは山の中だったので。気温が二十度くらいしかないんですよ」

「えっ、二十度? チユキさんがいないときに、三十七度になったこともあったわよ」

「ひゃあ、そうなんですか。それはひどい」

「もう何もやる気がなくてね。ただだらーっと畳の上で大の字になって寝てた」

「それでいいんですよ。東南アジアの人たちなんか、そうじゃないですか。暑いときは体力温存で。それでいいんですよ」

彼女はこの暑さに耐えられないかもしれないとつぶやくと、

「明日からは手の彫塑《ちょうそ》モデルです」

といって部屋に帰った。ぶっちゃんと会ったり、漬物や佃煮、新鮮な野菜をたくさんいただいたり、いいことばかりだなあと思いつつ、何もできない自分が恥ずかしくなった。特に社会的にすることがない自分であれば、周囲の人の役に立てるようになろう。ずいぶん前に、クマガイさんから、

「私たちが出かけているときに、あなたがここにいてくれるだけで安心できる」

といってもらったことを思い出した。れんげ荘での生活で、二人にもっと安心できたり、ほっとするような思いを持ってもらえたらと、キョウコは何かないかと考えはじめた。読

書日記をつけるといって、マユちゃんからノートをたくさん送ってもらったが、自分のことも大事だけれど、他の人たちの役に立ちたい。

まず殺風景なシャワー室について考えた。グレーの壁に囲まれていて、ただ上のほうにシャワーの蛇口がついているだけ。脱衣所もあるにはあるが、床から三十センチほど上がった半畳くらいのスペースで、シャワーを使った際、水に濡《ぬ》れない部分が、脱衣所として使われているようなものだった。トイレもタイル貼りの昔ながらの造りで、天井近くに設置されたタンクから水が流れ、トイレ内に小さな手洗いがあるだけだ。キョウコはそんな昔ながらの造りのトイレが好きだし、レトロ趣味の人だったら、喜ぶかもしれないが、ほとんどの人は、

「こんな古くて衛生的ではないトイレはいやだ」

というだろう。キョウコはトイレに引き戸式の窓があり、そこに幅十センチほどの物をのせられるスペースがあるのを思い出した。

「あそこに小さな花瓶なら置けるかも」

そしてシャワー室とトイレを確認すると、シャワー室の半畳ほどの脱衣所の隅にも、花瓶くらいは置けそうだった。

チユキさんの友だちが作った、マグカップを二個買って浪費してから、ちまちまと節約して、やっと家計を元通りにしたので、制限のある自分の生活費からは購入できないため、

キョウコは義姉《あね》に電話をかけた。

「カナコさん、母が使っていた花瓶はないかしら。なるべくシンプルで小さいの」

と聞いてみた。

「花瓶はものすごい量があるけど。どうしたの」

キョウコがアパートのシャワー室とトイレに置きたいと話すと、義姉は、

「お義母《かあ》さんの好みは斬新《ざんしん》なデザインのものが多かったから。キョウコさんがいうようなものがあるかわからないけど、ちょっと探してみるわね」

といってくれた。活《い》け花《ばな》が趣味だった母のところには、店が開けるくらいの花器があるはずなのだ。母はすでに活け花を習いに行けない状態だし、ちゃっかりとそこからいただこうと考えたのである。

翌日、義姉から連絡があり、桐箱《きりばこ》に入っていてオレンジ色の布に包まれたままの、シンプルな花器が出てきたという。

「いただき物みたいだけど、趣味に合わないから使わなかったんじゃないかしら。でもその布に落款《らっかん》が押してあるから、それなりの人が作ったものだと思うんだけど。それが高さが十五センチくらいなのね。もうひとつはガラスの一輪挿しで高さが十センチくらいかな。これも紙箱に入ったままだった」

キョウコはそれを送ってもらうように頼み、考えていたようなものがあってよかったと

ほっとした。

母の花器の趣味は、キョウコの感覚からするとてもくどく、これでは花が活きないのではないかと考えていたが、母は、

「相乗効果が出ていいのだ」

と自慢していた。先生にも褒められるというので、華道には疎いキョウコは、そんなものかと思っていたのである。それが功を奏して、シンプルなものは使われないまま残されていた。母が使っていた品物をここで使うのは、何となく釈然としないものがあったが、未使用ならば問題はなかった。

二日後、想像していたよりも大きな包みが届いた。小さな花瓶二個なのに、どうしてこんなに大きいのか。義姉が割れないように、ものすごくたくさんパッキングをしたのかと開けてみたら、中には花瓶はもちろん入っていたが、その他にそうめん、パスタ、各種缶詰、味噌《みそ》、おまけにマンゴー三個と桃が二個入っていた。きっとマンゴーはここの住人の数を考えて入れてくれたのだろう。

「熱中症にならないように、体に気をつけてください。私はいつかキョウコさんと一緒に暮らせればいいなと思っています」

ひまわりの絵の一筆箋《いっぴつせん》に、きれいな文字でそう書いてあった。

「ありがとう」

キョウコは小さな声で御礼をいって、桃の香りを嗅《か》いだ。そして両隣にマンゴーのおすそわけをした。

翌日、蚊の被害を避けるため、鋏《はさみ》を手に早朝にアパートの周囲をまわって、花瓶に挿すのに適当な草花を探した。夏はなかなか花が咲いている草を見つけられず、どうしたものかと歩いていると、空き家の手入れがされていない敷地に、さまざまな花が咲いているのが見えた。近寄ってみると敷地を越えて、道路にまで花が頭をもたげている。キョウコはこれをちょっといただいてしまおうかと、そこにしゃがんで紫色の花がついた草を二本、小さなピンク色の花がついた草を三本切っていた。昔、母が「花泥棒は泥棒にあらず」といっているのを聞いて、「それだって泥棒だろう」と思ったが、それを今、自分がやろうとしていた。

「それがいいわ」

突然、背後から声が聞こえてびっくりした。あわてて振り返ると、柴犬《しばいぬ》を連れたおばあさんが、

「家に持って帰って活けてあげて。この家、ずっとほったらかしでこんなふうなの。これが本来の植物らしいのかもしれないけど、持っていって家で飾っていいわよ」

おばあさんはうなずきながらそういった。

「あ、ありがとうございます。きれいだなって思ったので……」

「そうそう、それでいいの。それでいいの」

彼女はそれだけいって去っていき、柴犬もおとなしく後についていった。

「どうも」

キョウコが小声でいって頭を下げたのも気がつかないようだった。

いただいてきた花を花瓶に活け、落款付きの布に包まれていた花瓶をシャワー室に、ガラスのほうをトイレに置いた。それだけでも殺風景で不潔になりやすい場所が、居心地のいい空間になったように思えた。朝食を食べ、洗濯を済ませて、ぼーっとしていると、

「キョウコさん、いいですか」

とチユキさんの声がした。戸を開けると彼女が立っていた。

「あのう、シャワー室の花、キョウコさんが置いてくださったんですか」

「あ、ああそうなの。今さらながら、ちょっと殺風景だなって思って」

「ちょっとのぞいたら花があったからびっくりしちゃって。シンプルなスタジオにいるような錯覚っていうか、格上げされたっていうか、そんな感じです」

「そう、ありがとう」

喜んでもらえてよかったとキョウコもうれしかった。

「ところであの花瓶、相当なものじゃないですか？　ちょっとそこいらへんで売っているのとは違うような」

美大を卒業している彼女は、自分よりも審美眼に優れているだろうと、キョウコは落款付きの布に包まれていたと話した。

「えっ、それは間違いなく作家物ですね。もしよかったら調べましょうか。えー、誰のなんだろう。まさか人間国宝のじゃ……」

「まさか、ありえないわ。もしもそうだったら、母が自慢しまくるはずだから」

花瓶が包まれていた布を彼女に渡しながら、キョウコは実家にいるときに母が好きで見ていた、テレビの鑑定番組に応募したら、実際の価格がわかるかもと笑った。チユキさんはじっと落款を眺めて、

「うーん、何ていう文字なのかわからないなあ。時間がかかるかもしれないけど、陶芸専攻の友だちに聞いてみますね」

といってくれた。

コナツさんのスーパーマーケットのアルバイトは続いていると電話がかかってきた。夜型の彼女には夜勤務の時間帯も合っていたらしく、遅刻も欠勤もせずに通勤していた。

「あたし、世の中で自分がいちばん適当な人間だと思っていたんですけど、もっとひどい学生バイトがいてびっくりしました。無断欠勤はするし、それを上司が叱ったら、お前の指導の仕方が悪い、若い人間を使うのだったら、もうちょっと我慢しろみたいなことをいって、やめちゃったんですよ。あんな人がいるんですね」

それに比べたら自分はまじめだといわれて、みんなからかわいがってもらっているという。

「よかったわね。コナッさんのいいところを認めてもらえたのね」

キョウコが褒めると、

「いやあ、そうでもないですけど」

と照れていた。周囲の人に信頼されて、彼女の気持ちも落ち着いてきたのかもしれない。細かいアクセサリーを販売している店で働いていたこともあって、陳列の仕方も丁寧できれいといわれたという。

「こんなことひとつでも違うんですね。以前の担当の人がやったときは、すぐに崩れて床に落ちてきたっていっていましたから。あたし、こういうことに才能があったのかな」

最近の彼女の声はとても明るかった。相変わらず同じアパートの住人の、劇団員の台詞《せりふ》の練習の声は聞こえるし、舞台が近づくと余裕がなくなるのか、仲間同士で喧嘩《けんか》をはじめることも多い。しかし住人はみんな感じがよく、アパートの入口にはいつも、それぞれの劇団の次の舞台のフライヤーが貼られているので、

「何だか文化的なアパートに住んでいる気がします」

といっていた。

「よかった」

キョウコは心からそういった。

「ササガワさんには本当にご迷惑ばかりかけて。何か私が役に立てることがないかなって考えたんですけど、自信を持っていえるのは、それぞれのメーカーの赤ちゃんの紙おむつの違いくらいしかないので……」

「あらー、せめて大人用だったら、参考になったかもしれないけど」

「わかりました。次は大人用をちゃんと覚えます」

終始コナツさんの声は明るかった。

落款付きの布を持っていったチユキさんが、花瓶の作者がわかりましたと、部屋にやってきたのは十日後だった。

「陶芸専攻だった友だちに布と花瓶の画像を見せたら、先生に聞いてみてくれて。落款の一覧表っていうのがあるんですね」

それと照らし合わせてくれた結果、大御所の作品や、もちろん人間国宝の作品ではなく、新進作家のものだったらしい。

「あのくらいの大きさの花瓶だったら、二万円から二万五千円くらいで売買されているようです。シャワー室にはちょっともったいないかも」

「へええ、それなりにいい値段ね。でも置くところがあそこしかないし。そこでお勤めしてもらいましょう」

「わかりました」

彼女から渡された作家の名前を見ながら、キョウコはちょっぴり罪悪感を覚えて、小声で「すみません」と謝った。

8

シャワー室とトイレのささやかな花は、他の住人二人にとても評判がよかった。キョウコは食材の買い出しをしたついでに、商店街の生花店の店頭で安くなった花束を買っていたが、いつもより足をのばした散歩の途中で、住宅地のはずれにある生花店を見つけた。昔はご近所の家の奥さんが、部屋に活ける花を買ったりしていたのだろうけれど、その店の周辺は建築許可ぎりぎりの五階建てマンションが建ち並び、一戸建てがほとんどない。店の間口も狭く緑色の看板も古びているが、前には鉢植えが並べられ、奥をのぞくと切り花も売られていて、地味な店のなかに、黄色、ピンク、赤、白の花の色がぽっと浮かんでいた。

はじめてその店を見つけた日、レオナールのワンピースの上に、手編みの洒落《しゃれ》たカーデイガンを羽織った高齢と思われるが、若々しい雰囲気の女性が、店頭でハーブの苗を選んでいた。横で店主の年配の男性が熱心にアドバイスしてあげていた。

「ごめんなさい、ちょっと待ってね」

彼は店内をのぞいたキョウコに声をかけた。

「あら、ごめんなさい。私があれこれ聞いちゃうものだから」

女性にも謝られ、キョウコは、

「どうぞごゆっくり」

と笑った。

「そうですか、すみませんねえ」

「いや、どうも、すみません」

また女性と店主に頭を下げられて、

「いえ、あの、こちらこそ」

とお辞儀合戦のようになってしまった。彼女は小さなポリエチレン製の容器に入った、ハーブの苗を五個とコスモスを買って、店主に包装してもらっている間、

「お近くの方？」

とキョウコに声をかけてきた。

「いいえ、駅の反対側なんです。たまたま散歩がてらこちらに来たら、花屋さんがあった

ので」

「私は結婚してから五十年、ずっとここに住んでいるんですけどね。今はね、あそこのマンション住まいなんですよ」

彼女は斜め前の低層の洒落たマンションを指さした。

「素敵なお住まいですね」

「さあ、どうですかねえ。住まいを売ったかわりにもらったものなのでね。私は前の家も好きだったんですけど」

「あの家はいい家でしたよ。先々代からのものでしょう」

店主も会話に入ってきた。

「そうなの。でもすきま風が入ってきたり、雨漏りがしたり、庭木もあって管理が大変になっちゃって。手間を惜しむとあっという間にあばら屋になっちゃうのよ」

「そういう家も多いですよね。高齢者がひとり暮らしになって、手が回らなくなってね。空き家かと思ったらステテコが干してあって、あっ、おやじが住んでいたのかなんてびっくりしますよ」

散歩をしていて、同じような光景を目撃しているキョウコは、あははと笑った。

彼女は戸建ての家に住んでいたときは、花につく虫の駆除とか、落ち葉の始末とかが面倒くさいと思っていたが、いざ庭木のないマンション住まいになってみるとそれが淋《さび》しく、花だけは切らさずに活けているのだという。

「ここのお店は良心的でね、よく商売が成り立つと心配になるくらい。これからもよろしくお願いしますね」

頭を下げて路地を渡って帰っていった。

「あの方ね、編み物の先生なんですよ」

店主がキョウコに教えてくれた。

「ああ、それで素敵なカーディガンをお召しになっていたんですね」

「ええ、たくさんの生徒さんにご紹介いただいて、よくしていただいています」

キョウコはうなずきながら、店内の花を眺めた。価格が商店街の生花店の半分くらいなのに驚きながら、シャワー室とトイレ用にコスモスと、自分の部屋に飾るために、小さなダリアの白を一本、ピンクを二本買った。

「お安いんですね。びっくりしました」

花を包んでもらっている間、キョウコは店主に話しかけた。

「私もあともうちょっとで後期高齢者ですからねえ。自分のためっていうよりも、花を手軽に買って喜んでくれる人が増えたらいいなって思いながら店を続けてるんですよ。冬は水が冷たいし、毎年、やめたくなるんですけど、まあ、しばらく続けますよ」

店主は傍らにあった小菊を花の束に加えて、

「おまけしておきます」

と恥ずかしそうにいいながら、花の包みをキョウコに手渡した。

「お部屋に飾って楽しんでください。よろしかったら、またどうぞ」

彼は店の前まで出てきて、キョウコがしばらく歩いて振り返ると、手を振ってくれた。キョウコは何度もお辞儀をしながら、その場を離れた。

ああいうお店もまだあるのだなと、キョウコは足取りが軽くなった。商店街の生花店の前を通るときは、こっそり花の包みを隠しつつ、花の値札に目をやった。それぞれのお店にはそれぞれの事情がある。必ずしも値段が基準にはならないが、今のキョウコにはたまたま見つけた、その店があるのがありがたかった。

部屋に帰ってシャワー室とトイレの花瓶を洗って、コスモスにおまけにいただいた小菊を添えて活けた。両方とも余ったので、チユキさんから購入したマグカップの、おかめとひょっとこがゴルフをしているほうのマグカップに、ダリアといっしょに活けた。

「結構、いいわ。これ」

花瓶がわりにしたマグカップを自画自賛して、ふうと一息ついて、ベッドの上に腰を下ろした。

「ぶっちゃん、元気かな」

涼しくなってきたので、息子さんも散歩が辛くなくなってきただろう。ぶっちゃんも快適に外を歩けるはずだ。それにしてもお母さんは元気でいらっしゃるのだろうか。もう退院なさっているかもしれないと、キョウコは窓の外を眺めながら、あれやこれやと考えた。

それから花が枯れそうになると、キョウコは住宅地のはずれにある生花店に通い、花を買った。商店街の生花店の前を通ったとき、店員さんが不愉快な思いをしないように、大きなマイバッグに花束の包みを隠した。何度か花を買った顔見知りの店員さんは、キョウコを見ると、

「こんにちは」

と明るく声をかけてくれる。キョウコも「こんにちは」と返すものの、ちょっと胸が痛んだ。でも毎月、貯金を切り崩して生活している以上、品質が同等であったら、値段が安いというのはとてもありがたいことなのだった。

高温の夏が過ぎると、朝晩の羽織物が欲しくなってきた。いちおう屋根や壁はあるものの、建物の老朽化のため、まるで冬は野宿しているような寒さなので、秋口から体に応《こた》えはじめる。ここに引っ越す前から使っていたカーディガンはあるが、ひじの部分が抜けて穴があいた。それは刺繍《ししゅう》のタペストリーを作ったときの残り布を使い、そこに刺繍をして穴にあてがって塞《ふさ》いだので、前よりもちょっとお洒落なカーディガンになった。色とりどりの艶《つや》のある刺繍糸を使うと、ぼろ隠しに見えないところがいい。またこれも新しい発見だった。

手持ちの衣類をチェックし、繕う必要があるものは繕い、残念だがお別れしなくてはならないものがあると、適当な大きさにカットして、掃除のときの使い捨て布にした。薄手のものはそのまま捨て、厚手のものは何度も洗って使った。実家から会社に通い、高給をもらっていたときに比べたら、想像もつかない生活だが、キョウコにはこちらのほうが自分の身に合っていた。どんな服のデザインが、今いちばん流行《はや》っているのか、どんな化粧品が新発売されたのか、どのブランドが人気があるのかも知らないが、以前はそれを知らないと自分が無知のような気がしていたが、そんなものを知らなくても、今の生活には何の支障もなかった。

それでもやはり新しい服は欲しい。

「ちょっと明るい色の薄手のセーターがあるといいな」

若い頃《ころ》から地味な色の服を買い続けていて、今もそれを着続けているものだから、だんだんと顔と地味な色が合わなくなってきた。ものによっては老けてみえるので、上半身に着るものは少し明るい色のほうがいいと思いはじめたのだが、手元にはない。どうしたものかと考えていると、部屋の戸がノックされた。

「クマガイです」

キョウコが戸を開けると、彼女が手に色とりどりの布を持って立っていた。

「こんにちは」

キョウコが挨拶をすると彼女は、

「こんにちは、ごめんなさい、突然。あの、この服、よかったらもらってくれないかしら」

と両手で持っていた布地を差し出した。

「えっ……」

キョウコはあまりのタイミングのよさに驚きながら、それらを受け取り、彼女を室内に招き入れた。

「ケイトウもあらためて見るときれいね。あら、あれは？　ふふふっ、面白い」

活けたケイトウや、すでに花瓶と化したおかめとひょっとこのゴルフマグを見ている彼女を後日《しりめ》に、キョウコは目の前の、布地だと勘違いをしたきれいにたたまれた衣類に目を奪われた。

「友だちがくれたのとね、私が昔、買ったのとがごっちゃになっているの。ちゃんとクリーニングに出したから、汚れてはいないんだけど、どうかしら」

キョウコは前にもそんなことがあったと思い出しながら、

「クマガイさんはすごいです。まるで私の頭の中が透けて見えているみたい」

と興奮した。

「地味な色を着ると老けてみえるから、明るい色の服が欲しいと思っていたんです。わあ、うれしい。本当にうれしいです。ありがとうございます」

キョウコがあまりに何度も礼をいうので、彼女は、

「そんなに御礼をいわないで。かえってこちらが困っちゃうわ」

とじわりじわりと、出入口のほうに後ずさりした。

「すみません、お茶も出さずに。ちょっとお待ちください」

キョウコは手早く日本茶を淹《い》れ、彼女に出した。

「ありがとうございます。いただきます」

クマガイさんは、頭を下げて茶碗《ちゃわん》に口をつけた。一方、キョウコはもらった六枚の服を前に、興奮状態だった。

「どれも素敵ですね。Tシャツからカーディガンから、すべて揃ってて。私、薄手のセーターを欲しいと思っていたんですよ。こんな素敵な赤い色、なかなかないですよね」

キョウコがその薄手の赤いセーターを鏡の前で当てていると、

「それはね、もとは白いセーターだったらしいんだけど、染織をしている友だちが、その後自分で染め直したのをもらったの。若い頃は私もよく着ていたんだけど、最近はぴちぴちになっちゃって、着るとまるで下着になっちゃうのよ。古いものだけど見てみたらどこも何ともなっていないし、あなただったら入るだろうなって思って」

「うれしい。本当にうれしいです。私、この間、ひじに穴があいたカーディガンを直した

んですよ」

キョウコが刺繍の肘当《ひじあ》てをつけたカーディガンを見せると、

「そんなこともできるのね。素敵になってる。それじゃあ、穴が開いてるから捨てようと思っていたのも、持ってこようかしら。ちょっと見てみてね」

と彼女は部屋に入り、ニットを何枚か持って戻ってきた。セーターが三枚と厚手のカーディガンが一枚で、それぞれ胸元や背中、袖《そで》に小さな虫食い穴がある。

「私、編み物ができないから、直しようがなくて。こういう直しを頼むと、結構、お金がかかるでしょう。古い既製品だから処分しようと思っていたの」

「もったいない。よかったらこれもいただけませんか。この太いボーダーのセーターも、胸元のところにワッペンみたいに布をあてがって、その上から刺繍をしたら、まだ着られますから」

「なるほど。手仕事ができる人は服を生き返らせることができていいわね。よかった、正直、穴が開いたものは他人様にあげられないから、捨てるしかないと思っていたんだけど、気に入って買ったものだから、なかなか処分できなかったの。これでまたしばらくの間、着てもらえるようになって、セーターもカーディガンも喜んでるわね」

クマガイさんはお茶を飲みながら、うれしそうに笑ってくれた。

「一挙に洋服大尽になってしまいました」

キョウコは興奮していた。クマガイさんからいただく洋服は、いつものように趣味がよく、また素材もカッティングもいいのでとても着心地がいい。着ているとうれしくなってくる服ばかりだった。

「こういうのはどうするの？」

クマガイさんは厚手のカーディガンの袖に、釘《くぎ》でひっかけたような穴が開いたところを指さした。

「これは少し糸が残っているので、できるだけそれで穴を塞いで……、袖口がゴム編みのダブルになっているので、そこをほどいて袖口をシングルにして、その分の毛糸で繕えば十分、直せますね」

「ねえ、そういうのってどこで習ったの？」

クマガイさんは驚いたような顔で、キョウコの顔を見た。

「うーん、編み物や刺繍の初歩は家庭科で習ったのと、子供のときに母がそうやっていたのを覚えていたからかもしれません。それと毎月、切羽詰まった経済状態というのも大きいです。知恵を出さないと暮らしていけないので」

キョウコが笑うと、彼女も、

「そうなの。貧乏や不自由は偉大なのね。人間の頭を使わせてくれるのね」

と何度もうなずいていた。

クマガイさんが帰った後も、キョウコはきゃーきゃーいって喜んでいた。外国映画でプレゼントをもらった子供がそうするように、胸に抱き抱えてくるくると回りたくなった。

実は再び、オーガニック・ショップで食材を買うようになったため、財政はやや逼迫《ひっぱく》していた。特に野菜が高値のときは、ひと玉四百円近くするキャベツを、泣く泣く買ったりしている。しかしこれで衣生活はしばらく安泰なので、心置きなく食費にお金を使えるようになった。

気分がよくなったキョウコは、鼻歌まじりで部屋の中の掃除をはじめた。そして窓ガラス、壁、畳の上を拭《ふ》きながら、夏は夕方だったけれど、ぶっちゃんは今は何時頃、お散歩しているのかな。また会えるといいな。でもぶっちゃんともクマガイさんと同じように、テレパシーでつながっているような気がするから、また会えるよね、と心の中で念じながら、Tシャツの廃物利用の雑巾《ぞうきん》で、最後に出入口の三和土《たたき》を拭いた。

「はあ～」

ひと仕事を終え、さっきクマガイさんに淹れた急須《きゅうす》のお茶の葉にお湯を注ぎ、自分のためにお茶を淹れた。何度見ても、いただいた服の山がうれしい。どうやって繕おうかと考えるのもまた楽しい。鼻歌まじりで服を眺めていると、携帯電話が鳴った。

「もしもし」

相手はコナツさんだった。一瞬、大丈夫かなと思いながら、

「あ、こんにちは」

と明るくいった。時計を確認すると、まだ彼女の業務開始の時間ではなかった。

「今、いいですか」

「ええ、何もしていないから、大丈夫よ」

彼女の声の感じが落ち着いているので、キョウコは安心した。

「今度、一緒に御飯を食べたいなって思ってるんですけど、いつもお世話になっているので」

キョウコは戸惑った。これまでは年下の無職の彼女に対して、自分がご馳走《ちそう》するのは当然だと思っていた。ただ彼女のためにはならないかなと心配にはなったけれど。

「気にしないでいいのよ。私もコナツさんと一緒に食事をするのが楽しかったから」

「ありがとうございます。でも、御礼はちゃんとしたいんです」

彼女は月内の自分の休みの日を告げ、このなかで都合のいい日があったらといった。キョウコは特に予定があるわけではないので、好きに決めてもらっていいと話した。

「あのう、それで……、友だちを連れていってもいいでしょうか」

「お友だち？」

話の流れとしては変だなとキョウコは首を傾《かし》げた。キョウコとその友だちと、どういう関係があるのだろう。昔、ここの廊下で男性を蹴《け》っている彼女の姿は見たが、少なくとも

キョウコは彼女の友だちと会った覚えはなかった。キョウコのとまどいを察知したのか、コナツさんはあわてた様子で、

「ササガワさんがいやだったらいいんですけど……。ちょっと、ササガワさんに会ってもらいたいんです」

と早口でいった。男性かと思い当たり、キョウコは、

「はい、わかりました。そのお友だちも一緒にどうぞ」

と話すと、彼女は、

「はい、それではまた連絡します」

とほっとした様子だった。

「無理しないでね。私はどんなお店でも大丈夫だから」

キョウコが最後にいい添えると、

「わかりました」

と明るい声で電話は切れた。勤めるようになってからの彼女は、世の中を斜めに見るようなところが薄まり、まじめに働いて周囲の人たちからも一目置かれるようになっていた。

「おめでたい話なのかな」

彼女の明るい声がいつまでも耳に残っていた。

コナツさんが指定してきたのは、隣の駅にある中華料理店のランチだった。超庶民的ではないが特に気張るような店でもないので、キョウコはクマガイさんからいただいた、赤い薄手のセーターを着ていった。店の二階の隅、アジア風の竹製のパーティションで囲われた席に、彼女が座っていた。

「こんにちは、わざわざすみません」

立って挨拶をする隣には、ブルーの服を着た幼児を抱っこした小太りの男性がいて、キョウコが姿を見せると、あわてて立ち上がって頭を下げた。背の高さはコナツさんと同じくらいだった。

キョウコは、

（男の人はともかくこの子は？　どうしたのこの子）

「あ、ああ、どうも、こんにちは」

ともごもご口ごもって、彼らに向かい合った席にぺたんと座った。

「ササガワさん、その色、とても似合いますね。素敵です」

コナツさんにそういわれても、キョウコは男性に抱かれている幼児が気になってしまい、

「あ、ああ、そう、ありがとう。これ、クマガイさんからいただいたの」

というのが精一杯だった。

「そうですか。ササガワさんはそういった色も似合うんだから、赤やピンクもどんどん着

たほうがいいですよ」

「そうかな、ありがとう。やっぱり明るい色を着ると、気持ちも上向きになるわね」

二人が会話をしているのを、男性は幼児をあやしながら、にこにこして聞いていた。

彼女からは男性に関して何の紹介もなく、とりあえずといってメニューを選びはじめた。

二人はこの店の常連らしく、店の人も子連れの彼らに親切で、幼児用の御飯を作って持ってきてくれた。子供は大騒ぎをすることなく、男性に御飯を食べさせてもらっている。それを見ながらキョウコの頭の中はずっと、

(この子は？　この子は？)

でいっぱいになっていた。

「あのう、遅くなりましたが、この人はタカダヨシタカさんです」

やっと彼女が男性を紹介してくれた。

「ササガワキョウコです」

「いつも彼女から、お話をうかがっています。本当にお世話になっているようで、ありがとうございます」

「いいえ、そんなことはありませんから」

とても丁寧な男性で、きちんとした社会人のように見えた。ちょっと区役所のタナカイチロウにも雰囲気が似ていた。じっと幼児を見ているうちに、キョウコの口から、

「そのお子さんは、タカダさんの？」

とぽろっと出てしまった。しまったとあわてたものの口から出た言葉は元に戻せない。

「そうなんです、ヨシヒロくんっていうんです」

コナツさんがうなずいた。

「まだお小さいわね」

「はい、一歳半です」

タカダさんが答えた。

「だんだん歯が生え揃ってきてかゆいみたいで……」

うれしそうに彼は笑った。

「これからどんどん大きくなりますね。お楽しみですね」

「はい」

当たり障りのない会話を交わしながら、キョウコの頭の中は、子供が登場したおかげで、状況が把握できずにぐるぐると渦を巻き続けていた。しかし二人が目の前のヨシヒロくんについては何も触れないので、それ以上、あれこれ聞けなかった。

コナツさんが主導権を握って注文した料理が、次から次へと運ばれてきた。八宝菜、餃《ギョ》子《ーザ》、雲呑《ワンタン》、麻婆豆腐《マーボーどうふ》、回鍋肉《ホイコーロー》……、目の前の男女二人は、

「おいしいね」

と顔を見合わせながら元気よく食べ、ヨシヒロくんはお店が用意してくれた小鉢に入れられた食事のほかに、タカダさんに雲呑を食べさせてもらっていた。いったいどういうことなのか、いつ自分の疑問は解けるのかと、キョウコは彼らの会話に相槌《あいづち》を打ちながら、まだずーっと考えていた。

デザートの杏仁豆腐《あんにんどうふ》が運ばれてくると、ヨシヒロくんはタカダさんに抱っこされたまま、思いっきり器に手を伸ばしてきた。

「ちょっとだけならいいかな」

「今日は丁寧に歯磨きしないと、虫歯になるよ」

「そうだね」

そう彼と彼女は話している。ヨシヒロくんは小さなスプーンで口に杏仁豆腐をいれてもらい、手足をばたばたさせて喜んでいた。自分もこんなときがあったのだなと、キョウコは目の前のぷりぷりとした、生命力にあふれる塊を見ていた。若い頃はそんなふうに思わなかったのに、最近、とみにそう感じるのは、歳を取ったせいなのだろう。自分の年齢で孫がいる人だって、現実にはいるのだ。

「ということです」

唐突にコナツさんが口を開いた。

「はっ」

顔を上げると、コナツさんはキョウコの顔をじっと見ていた。

「あたし、この子のお母さんになることにしたんです」

「あ、そうなの」

疑問と、ぱんぱんに膨れた風船がしゅううーっとしぼんでしまったような脱力感がいりまじったような口調でいってしまった直後、何て間抜けな反応をしてしまったのだろうかと、キョウコはあせった。

「それはおめでたいわね、よかったわ。タカダさん、いい方のようだし」

彼は照れた表情で何度も小さくお辞儀をしていたが、キョウコは心の中がもやもやしていた。

（そんな……大丈夫？）

キョウコはコナツさんを心配してというよりも、何とか自分のもやもやを解消させようと、彼らを質問攻めにした。

「今日はお勤めはお休みですか」

「はい、先日、休日出勤をしたので、その振り替えで休みました」

「そうですか。お子さんはお一人で育てていらっしゃる……」

「そうです。あっという間に逃げられちゃったので、えへへ」

苦笑しながら彼がコナツさんに目をやると、

「だいたい、一歳になる赤ん坊を置いて家を出ていくなんて最低ですよね。タカダくんが好きになった人だから、悪くいいたくないけど本当にひどい」

と彼女はヨシヒロくんの手を握った。彼もうれしそうに手を上下に振りながら、笑っている。

「よく離婚なさいましたね」

キョウコが驚いて彼にたずねた。

「いや、離婚っていうより、籍が入っていなかったもので」

「は？」

間違いなくこの子は、自分とその女性との子なのだが、その女性が、籍は入れたくないというので、そのまま三人で同居していたが、新しい彼氏ができたので、そっちに行ってしまったという。

「タカダさんとは他人かもしれないけど、この子とは親子でしょう。それなのに連れていかなかったの」

「そうなんです。きっと邪魔だったんじゃないですか。その男と暮らすには」

おいしいと食べていた杏仁豆腐が、急においしくなくなった。ネコの母親のほうが何倍もましだ。一匹で複数の子ネコを危険がないように育て、子ネコたちが自分で餌《えさ》を捕れるようになると子離れする。きちんと親としての責任を果たしているが、その女性はそうではない。またふっきれたのか、人前だからかどうかはわからないが、半年前の出来事なのに、彼が妙にさばさばと話すのも不思議な気がした。

「じゃあ、この子の籍はどうなっているの」

「母親のところに入っていますね」

「じゃあ、コナツさんは……」

「籍は入れないです。事実婚っていうやつですね」

彼女はふふふと笑った。彼らは笑えるような状況かもしれないが、年長者のキョウコの頭の中は、

（大丈夫なのか）

が相変わらず占領していた。

「となると、三人、籍が違うわけね」

「ああ、そうですね。そういうことになります」

タカダさんがあっけらかんといった。

「それって、いろいろと大変じゃないの？　せめて父親のあなたの籍に入れないと」

「あー、そうですかね。うーん、まあそういうときがきたら考えますね。この子の母親の連絡先は知ってるんで」

「あ、ああ、そうなのね」

キョウコの声はだんだん小さくならざるをえなかった。よくいえば何というオープンマインド。悪くいえばけじめがないと感じる話だった。

二人が知り合ったのはコナツさんが担当したスーパーマーケットの売り場で、紙おむつの相談をしたのが最初だったという。

「とても親切に応対してもらって、いい人だなって思ったんですよ。それから食事に誘ったりして、こうなりました」

「最初はちょっと暗かったけど、だんだん明るくなってきたよね。まあ女に逃げられたんだから、仕方がないけどさ」

コナツさんに茶化されても、タカダさんは笑っている。

（大丈夫か）

いっこうにキョウコの頭の中を占領しているものは消えてくれない。

「私も経験がないから、大きなことはいえないし、アドバイスもできないけど、覚悟はできてるの。大変よ」

楽しそうなコナツさんに声をかけた。

「そうですね。大変だとは思いますけど。まあ何とかなるんじゃないんですか。まだ起ってもないことを心配しても仕方がないし。何か起きたらそのつど考えますよ」

それ以上、キョウコは何もいえなかった。人それぞれ家族の形は違うし、どれがいいとも悪いともいえない。キョウコは目の前で無邪気に周囲を見渡している赤ん坊を見ながら、この子がまた同じ目に遭いませんようにと祈った。

本書は二〇一九年一月に、小社から単行本として刊行いたしました。

ハルキ文庫

む 2-15

散《さん》歩《ぽ》するネコ れんげ荘物語《そうものがたり》

著者 群《むれ》 ようこ

2020年 8月18日第一刷発行

発行者 角川春樹

発行所 株式会社角川春樹事務所
〒102-0074 東京都千代田区九段南2-1-30 イタリア文化会館

電話 03(3263)5247(編集)
03(3263)5881(営業)

印刷・製本 中央精版印刷株式会社

フォーマット・デザイン 芦澤泰偉
表紙イラストレーション 門坂 流

ISBN978-4-7584-4357-9 C0193 ©2020 Mure Yôko Printed in Japan
http://www.kadokawaharuki.co.jp/[営業]
fanmail@kadokawaharuki.co.jp[編集] ご意見・ご感想をお寄せください。

群 ようこの本

れんげ荘

月10万円で、心穏やかに楽しく暮らそう！　——キョウコは、お愛想と夜更かしの日々から解放されるため、有名広告代理店を45歳で早期退職し、都内のふるい安アパート「れんげ荘」に引っ越した。そこには、60歳すぎのおしゃれなクマガイさん、職業“旅人”という外国人好きのコナツさん……と個性豊かな人々が暮らしていた。不便さと闘いながら、鳥の声や草の匂いを知り、丁寧に入れたお茶を飲む贅沢さを知る。ささやかな幸せを求める女性を描く長篇小説。

群 ようこの本

働かないの
れんげ荘物語

こんな私に親切にしてくれてありがとう——48歳になったキョウコは、まだ「れんげ荘」に住んでいた。相変わらず貯金生活者で、月々10万円の生活費で暮らしている。普段は散歩に読書に刺繍、そして時々住人のクマガイさんらとおしゃべり——そんな中「れんげ荘」にスタイル抜群の若い女性がリヤカーを引いてやってきた！悩みも色々あるけれど、おだやかに流れる時を愛おしみながら、ささやかな幸せを大切に生きる、ロングセラー「れんげ荘」の第2弾。

群 ようこの本

パンとスープとネコ日和

唯一の身内である母を突然亡くしたアキコは、永年勤めていた出版社を辞め、母親がやっていた食堂を改装し再オープンさせた。しまちゃんという、体育会系で気配りのできる女性が手伝っている。メニューは日替わりの〈サンドイッチとスープ、サラダ、フルーツ〉のみ。安心できる食材で手間ひまをかける。それがアキコのこだわりだ。そんな彼女の元に、ネコのたろがやって来た——。泣いたり笑ったり……アキコの愛おしい日々を描く傑作長篇。

ハルキ文庫